LES GRANDES OCCASIONS

Née en 1984, Alexandra Matine vit à Amsterdam. Après avoir été journaliste puis responsable marketing d'une célèbre plateforme de streaming, elle fonde en 2019 *Humans Humans*, une société de production audiovisuelle. Elle est aussi scénariste et a publié deux romans, *Les Grandes occasions* et *La Pire Amie du monde*.

ALEXANDRA MATINE

Les Grandes Occasions

LES AVRILS

ISBN : 978-2-253-24201-7 – 1re publication LGF

À Jaimie, à Simon.
Pour ma grand-mère, Claude.

Il y a toujours dans les familles un défaut par où la famille fout le camp, sort d'elle-même.

Marguerite DURAS

Aujourd'hui, Esther va mourir. Ou demain. Ou dans quelques jours. On ne sait pas.

Il y a eu des conversations avec les médecins, qui disent que les organes fonctionnent, qu'il n'y a pas d'activité cérébrale, qu'à part *ça* elle est en bonne santé. Ils disent « à part *ça* ». Ils disent qu'ils peuvent la maintenir en vie. Qu'ils peuvent continuer à la maintenir en vie. Ils demandent à la famille si elle le souhaite, malgré *ça*. Quand les médecins quittent la chambre, c'est le silence. C'est à la famille de décider.

La famille est debout, comme posée autour du lit. Autour du corps d'Esther, légèrement redressé sur le lit incliné comme si elle allait se lever. Son crâne est enroulé dans la gaze et les bandages, des tubes fins et des plus gros s'accrochent à sa poitrine, à ses poignets, à ses tempes et ailleurs, sous les draps. Une mèche blonde sort de ses bandages parce que Carole a voulu revoir ses cheveux. Ses yeux sont paisibles sous les paupières mauves. Elle a les lèvres sèches et pâles.

Il y a le silence, qui couvre le bruit des machines, qu'ils n'entendent plus. Il y a le parfum cuivré d'Esther qu'eux seuls devinent encore sous l'odeur piquante et glacée de l'hôpital. Il y a un unique bouquet de fleurs, dont on ne sait qui l'a offert, qu'on a foutu dans un vase, toujours emballé dans son plastique. Dans le coin, près de la porte, il y a une valise avec des vêtements pour quand Esther sortira. Personne ne l'a ouverte.

C'est à la famille de décider. Tous les yeux sont tournés vers Reza. Parce que c'est le mari, parce qu'il est médecin, parce que c'est ce qu'Esther aurait fait. Alors, les yeux rouges et gonflés, ses quatre enfants le scrutent. S'ils ne sont pas d'accord avec la décision, ils le diront. Mais inutile de le contredire par avance. Reza observe le visage d'Esther en lissant ses cheveux blancs vers l'arrière. Les quatre enfants se rassurent à coups de larmes, de mains qui serrent des épaules, de mouchoirs qui se tendent, de longs regards qui cherchent une réponse dans les regards des autres. Personne ne parle pour ne pas dire une phrase irréversible. Reza lisse ses cheveux une dernière fois, d'un geste lent qui voudrait durer une éternité.

Reza a décidé. Il arrête de pleurer. Ses enfants sont d'accord. C'est à la famille de décider, et pour la première fois depuis des années, ils sont tous d'accord.

Vanessa, la cadette, a voulu demander : « On peut attendre encore un peu ? » Mais à la place elle a dit dans un souffle : « C'est si soudain. »

Longtemps, Esther avait rêvé de revoir sa famille réunie. Devant elle, à présent, sans qu'elle puisse le voir, prend forme le tableau rêvé ; la tapisserie secrète devant laquelle elle avait agenouillé sa vie, et dont, du matin au soir, année après année, elle avait tissé les fils de soie colorés. Sa famille, c'était son œuvre inachevable ; elle les avait noués les uns aux autres, les fils avec les belles-filles, les femmes et leur beau-père, les petits-enfants et leurs oncles et leurs tantes, autant de fils fragiles entre lesquels, avec amour et patience, elle avait laissé ses doigts s'emmêler. Des milliers de petits nœuds délicats dont parfois un, malgré elle, se brisait avec un bruit sec, presque imperceptible, tic, comme une fourmi qu'on écrase.

1

Esther regarde dehors. La fenêtre ouverte sur la terrasse est un rectangle de lumière blanche et chaude. Normalement, quand on ouvre les fenêtres, on entend le bruit de la rue. Pas aujourd'hui. Il n'y a personne dehors. Il faut du courage pour rentrer dans cette chaleur-là. Pour marcher sous cette chaleur-là. Surtout à Paris avec la pollution qui se colle à la sueur, entre les crottes de chien qui sèchent sur les trottoirs noirs et les caniveaux à l'haleine acide.

Depuis quelques jours, elle les voit du haut de la terrasse, les gens qui sortent sous le soleil le corps résigné, écrasés par la lumière. Ils émergent au coin des rues, s'extraient des magasins, des cafés. Ils font quelques pas englués et glissent dans la bouche de métro, s'enfouissent dans l'ombre fraîche où le soleil ne pénètre pas. Personne ne flâne, tout le monde est seul, intimidé par le projecteur immense du soleil et sa poursuite implacable.

Elle attend ses enfants. Elle se penche un peu par-dessus la balustrade pour les voir arriver. Personne. La chaleur fait onduler l'air au-dessus des trottoirs.

Elle se retourne vers la terrasse. La table est prête. Cela fait des années qu'ils n'ont pas mangé dehors, même juste tous les deux avec Reza.

Comme la table de jardin n'est pas assez grande, elle a aussi sorti celle de la cuisine. Ce sera la table des enfants. Des chaises de la salle à manger également et des tabourets en plastique pour que tout le monde puisse s'asseoir. Elle a mis une grande nappe d'un blanc éclatant. Elle a cueilli quelques fleurs dans les jardinières pour en faire trois petits bouquets qu'elle a disposés à intervalles réguliers sur la table. À cause de la température les fleurs ramollies pendent, évanouies, au bout de leur tige. Sur la table des enfants, elle a disséminé quelques pétales comme des confettis, qui ont grillé au soleil.

Elle sait qu'ils vont se plaindre de la chaleur, qu'ils vont vouloir tout rapatrier à l'intérieur. Mais elle veut manger dehors. C'est pour ça qu'elle s'est donné tant de mal. Derrière elle, Reza, rouge et transpirant, souffle, ses mains accrochées au manche du parasol qu'il essaie de fixer dans son pied en fonte. Il y aura de l'ombre.

Elle a rejoué mille fois dans sa tête le jour où, à nouveau, la famille serait réunie. Et c'était toujours un déjeuner sur la terrasse, devant une grande nappe blanche ; les corps des adultes alourdis font plier les chaises de jardin, les corps blancs des enfants, qui se sont déshabillés, jouent, allongés sur le ventre, à compter les fourmis autour des jardinières. En engourdissant les corps, la chaleur apaise les tensions, et Esther, derrière son métier à tisser, resserre un à un les liens distendus. Elle s'accroche à cette image. Elle a peur que tout bascule. Si elle change la moindre chose, tout peut basculer. C'est une superstition qu'elle a. Mais si tout est exactement comme elle l'imagine, alors ça ira.

Aujourd'hui elle a réussi. C'est la première fois. Ça fait des années. Des années qu'ils n'ont pas été rassemblés ici. Bientôt toute la famille sera là. C'est rien du tout. Ils sont presque déjà là. Esther rentre dans l'appartement. Vide. Noir. À peine plus frais que le dehors. Elle se dit, avant c'était le quotidien. Ils étaient là tout le temps. Les enfants du moins. À un moment, ils vivaient là avec moi. Tous ensemble. Elle se dit, maintenant c'est un événement exceptionnel. Une grande occasion.

Avant c'était normal, elle les avait sous la main. Elle décidait de ce qu'ils portaient, de ce qu'ils mangeaient, de qui ils voyaient. Ils voulaient s'en aller toujours, et elle passait son temps à les retenir, mais ils n'avaient pas le choix, ils habitaient là, pour partir il fallait qu'ils demandent la permission. Pour sortir de table aussi. Pour tout. Maintenant ils ont grandi et c'est à elle de demander la permission. C'est un changement, après avoir passé des années à donner des ordres et à se faire obéir. Maintenant ils viennent moins souvent. Elle savait que ça arriverait. Qu'à un moment les rôles seraient inversés. Qu'il faudrait négocier pour les voir. Leur donner de bonnes raisons de venir. Elle le savait mais elle avait enfoui cette vérité. C'est arrivé pourtant. Malgré elle. Inévitable. Elle n'a pas pu les retenir.

Quand elle en parle à Reza, il hausse les épaules. Il hausse beaucoup les épaules quand on parle des enfants. Ou quand elle parle d'elle. Enfin quand on ne parle pas de lui. D'ailleurs il s'entoure de plus en plus de gens qui ne lui parlent que de lui. Là où d'autres, en vieillissant, préféreraient des conversations intimes avec des amis, il invite ses patients à dîner et les écoute chanter ses louanges. Ses proches ne l'intéressent plus. Il préfère collectionner les admirateurs.

Esther en voit défiler des patients, qui se tordent les mains en entrant dans l'appartement et jettent autour d'eux des regards peureux ; les femmes ont mis du rouge à lèvres et du parfum, les hommes ont leur cravate serrée et les cheveux aplatis. Ils se sont habillés pour ne pas être des patients, pour être des amis. Mais ils serrent les mains d'Esther et celles de Reza en s'inclinant un peu, et ça rend Esther malade, et plus malade encore de croiser l'air satisfait de Reza.

Pendant le dîner, ils racontent ce que Reza a fait pour eux. Ils racontent que Reza a guéri leur père ou soulagé leur mère dans ses derniers jours, il a soigné leur angine chronique, il a accepté de leur prescrire du Xanax quand plus aucun médecin ne le voulait. « Sans vous, docteur… » Certains narrent des cas exceptionnels comme le grain de beauté suspect qu'il a détecté et fait soigner et qui aurait pu être un cancer. « Docteur, vous m'avez sauvé la vie. » Ils l'admirent, ils le louent, ils l'adulent et se tournent vers Esther, les yeux brillants : « Vous avez tellement de chance. Tellement de chance d'avoir un mari comme ça. » Esther sourit : « Vous voulez encore un peu de café ? » Et Reza sourit, et les patients rient aussi et acceptent un peu de café. Tout le monde est flatté, tout le monde est content.

Il faut parler de lui. Ça, ça l'intéresse. Il veut entendre qu'il sauve des vies. Il veut qu'on le lui rappelle. Elle l'a fait au début. Elle y croyait. Elle trouvait elle aussi du plaisir à l'entendre. « Mon mari sauve des vies. » Mais elle s'est épuisée à le faire. Elle a perdu l'envie. Elle n'est plus sûre d'y croire. Elle aimerait bien aussi parfois parler d'elle, ou parler des enfants. Mais quand elle parle des enfants, c'est comme si Reza disparaissait. Il se soustrait. Elle parle seule et sa voix ne trouve pas d'écho. Quand les enfants viennent, il reste dans son coin, il attend qu'on lui pose des questions. Il trouve toujours qu'ils ne lui demandent pas suffisamment comment il va ou ce qu'il fait. S'il se met à raconter une histoire et qu'il est interrompu, il cesse de parler et il faut le supplier pour qu'il reprenne. Mais les enfants connaissent déjà ses histoires et ils ont leurs histoires à eux et ils n'ont plus envie de supplier.

Quand les enfants s'en vont, il dit à Esther : « Ils ne s'intéressent pas à leur père. » Il ajoute : « Alors que, quand même, je ne suis pas n'importe qui. »

Esther aussi connaît ses histoires. Celles qui se terminent par : « Il a eu de la chance de tomber sur moi », par : « Tu en connais beaucoup des médecins comme ça ? » Mais elle continue d'écouter. Elle n'interrompt pas, pour ne pas avoir ensuite à le supplier de continuer.

Quand il a fini de parler de lui, elle peut enfin parler elle aussi. Quand elle en a le courage. Quand elle n'a pas peur qu'il se moque. Elle parle. Il n'écoute pas. Elle continue. Elle voit les haussements d'épaules et les froncements de sourcils. Les mains aussi qui s'impatientent. Tous ces gestes d'irritation qui pourraient faire qu'elle arrête, qui en arrêteraient d'autres, et devant lesquels d'autres soupireraient « à quoi bon ». Et pourtant elle poursuit. Elle n'a pas besoin qu'il la comprenne. Elle a besoin de dire. Les autres non plus ne comprennent pas.

Les autres voient ça et déclarent « c'est une femme faible ». D'autres murmurent qu'elle veut maintenir les apparences. Les enfants aussi, leurs enfants. Leurs enfants ne comprennent pas. Ils aimeraient lui en parler. Ils n'osent pas. Ils essaient de lui faire comprendre. Pas avec des mots. De lui montrer ce qui ne va pas. Avec des haussements de sourcils, et des soupirs, des yeux qui roulent, des mains qui s'impatientent. Comme lui. Et elle qui s'entête quand même. Ils ne sauraient pas quoi dire s'il fallait des mots. Entre eux parfois, c'est arrivé, ils se le sont dit. « Maman pourrait se remarier. On est grands maintenant. Pourquoi est-ce qu'elle reste ? » Et Esther restait.

Alors les enfants concluaient : elle est aveugle ; aveuglée même. Ils pensaient qu'elle ne se rendait pas compte. Ils pensaient aussi, souvent, qu'elle avait peur. Et ils avaient peur à leur tour de devoir embrasser cette peur. De devoir embrasser la mère et sa peur et cette vie. Et peut-être même de devoir s'occuper d'elle. Alors ils se taisaient. Ils montraient qu'ils savaient. Ils se détachaient du père. C'était leur seule rébellion. Leur seule façon d'agir. Agir sans agir.

Mais si ses enfants lui avaient demandé, s'ils lui avaient parlé, elle leur aurait dit « je sais ». Elle aurait dit « je sais mais vous ne pouvez pas comprendre et je ne peux pas vous l'expliquer ». Elle voulait Reza, ses enfants et se réunir le dimanche. Elle pouvait tout supporter pour ça. Elle avait tant supporté pour ça.

Pour les autres elle était perdante, et oui, souvent, elle avait perdu. Mais bizarrement elle se sentait victorieuse. Elle avait planté son drapeau sur cette terre hostile et aride. Et de cette terre elle avait juré de faire naître et grandir sa famille. Elle avait gagné parce qu'elle avait continué, malgré les brimades et l'indifférence, à tisser chaque jour, patiemment, sa famille. Tant qu'ils continuaient à se voir. Tant que les enfants continuaient à venir, elle avait vraiment gagné. C'était aussi simple que ça.

Derrière elle, il y a toujours le souffle de Reza. Toujours en train d'essayer de monter ce parasol. Il a pris son bain juste avant. Il est bon pour en reprendre un. Elle sent sa sueur. Un soupçon d'odeur de vieillard. Celle des hôpitaux, des appartements que l'on n'aère plus, des chambres que l'on ne quitte plus.

Esther remarque ses mains qui tremblent en soulevant le parasol. La peau est fine sur les veines bleues, mouchetée de taches brunes. Elle regarde les siennes qui tiennent la rambarde. Un peu plus pâles, un peu plus fines, mais les mêmes taches brunes sur les mêmes veines bleues. Les articulations commencent à se tordre. Des mains de vieux tous les deux.

La terrasse est brûlante. La table qu'elle a dressée ondule sous la chaleur. Chaque verre et chaque assiette et chaque couvert est un petit soleil brûlant. Les fleurs sur la table courbent la tête vers le sol, comme des marcheurs dans le désert.

À nouveau, elle penche la tête et le buste par-dessus la rambarde pour voir le plus loin possible. Il n'y a personne. Elle attend tout le monde pour 12 h 45. Ils ont encore le temps d'arriver.

Elle pense souvent à une image d'elle. Une vieille image. Elle est toujours là, ensorcelante. Elle marche dans Paris. C'est une image d'avant qu'il soit trop tard, d'avant le changement. C'est une image très différente de l'Esther actuelle qui attend, le corps penché par-dessus son balcon.

Sur cette image, elle marche dans Paris. Elle a quitté ses parents. Elle a quitté la campagne. Ses cheveux blonds sont cachés sous un béret de laine bleu marine ; les boucles blondes s'échappent à l'arrière et tombent sur sa nuque. Le béret est placé sur le haut du crâne et accentue la grandeur de son front lisse et pâle. Elle a ses yeux bleus. Les mêmes yeux bleus que des années plus tard derrière les paupières fermées dans la chambre d'hôpital. Les yeux, ça ne change pas. Autour oui. Autour il y aura des rides, sur le front, et sur le coin gauche de son sourire. Et autour des yeux aussi.

Sur cette image d'elle, elle ne sait plus où elle va. Ce n'est pas important. Ce qui est important, c'est qu'elle avance. C'est la caresse des boucles blondes sur son cou, et son souffle dans l'air de Paris. Elle ne porte pas de manteau, ça doit être le printemps. Elle avance et chacun de ses pas existe. Elle avance et pourtant ne va nulle part. Elle ne fuit pas. Elle ne court pas. Personne ne l'attend. Et c'est cela qu'elle voit dans cette image. C'est elle qui marche et personne ne sait où elle va. Pas même elle. C'est cette liberté avant tout. Elle se dit, personne ne sait où je suis, où je vais. Je pourrais partir, disparaître. Ou bien m'arrêter.

Et cette marche est comme de la musique. Esther ne peut que l'absorber, la sentir, la prendre quand elle arrive, la laisser passer à travers elle. Chaque pas est une note qui la saisit et la surprend. Rien n'est prévu. Rien n'est imaginé. Rien n'est à faire.

C'est important pour elle, cette possibilité. Ce chemin qui aurait été possible. Elle, toujours en train de marcher. Suspendue entre deux pas. C'est important de savoir que cette image aussi, c'est elle. Même si aujourd'hui elle attend, le buste penché dans le vide, le corps immobile pour ne pas tomber, le cou tendu, les doigts agrippés à la rambarde. Même si aujourd'hui son corps entier est raide et dur et pétrifié, il y a cette image. Cette image d'elle libre et fluide et suspendue. Et c'est aussi elle.

Il faudrait la voir. Il faudrait que les gens la voient, cette image. Pour l'instant, il n'y a qu'elle. Elle qui la voit sans la voir, juste le balancement merveilleux de ses pas, comme une phrase musicale qui monte et s'arrête et monte à nouveau, et nous surprend et nous revient, et nous ramène à la phrase du début que l'on connaissait, et qui devient immédiatement alors une nostalgie.

Cette image, c'est elle qui arrive à Paris. C'est elle qui court contre Paris. C'est elle qui fuit le petit appartement où Reza attend. Car Reza est là aussi. Dans l'arrière-plan. Il est le contexte. Esther est seule. Et dans cette solitude elle sait qu'il y a Reza chez eux qui l'attend. Dans le minuscule appartement en sous-sol où la lumière ne vient jamais. Une seule pièce. Un seul vasistas en haut d'un mur pour laisser passer le soleil. Paris se heurte contre le verre poussiéreux du vasistas. Entre les immeubles d'en face, entre les jambes des passants, parfois un rai de lumière maladif se faufile, vainc la poussière de la vitre et vient toucher de son doigt débile le pied du lit, vivote là un moment, trop faible pour chauffer, et cède enfin à l'obscurité qui dévore la pièce où Reza attend.

Il attend comme Esther attend aujourd'hui. Le corps recroquevillé sur le lit, les doigts noués. Il attend près du téléphone qu'on l'appelle. Il dit « j'attends qu'un confrère m'appelle ». Il fait des remplacements. Il attend que d'autres médecins partent en vacances et acceptent de lui confier ses patients pour deux semaines, trois semaines. Il attend qu'on lui fasse confiance.

À cette époque-là, Reza a encore un accent prononcé. Un accent qu'il essaie de gommer. Un accent qu'Esther n'entend plus. Mais les autres l'entendent. Les confrères ont peur de laisser leurs patients à un étranger. Au médecin qui vient d'Iran, ou du Maroc ou de Turquie, enfin, de là-bas. Parfois il y arrive. Ils lui font confiance. Il est médecin, vraiment, pendant quelques semaines. Alors il doit faire face aux malades. Aux regards en coin face au médecin avec un accent. Aux doutes de ceux qui disent : « Vous avez appris la médecine où ? » À ceux qui, quand ils le voient, quittent la salle d'attente. À ceux qui croient qu'il est l'homme de ménage. Il les soigne. Malgré la méfiance. Il essaie de gommer son accent. Il essaie de les rassurer. Il leur dit qu'il va bientôt ouvrir un cabinet dans le quartier. Qu'ils pourront venir le voir. Le remplacement dure deux semaines, trois semaines au maximum. Et il est de nouveau près du téléphone. À attendre que ça sonne. À rappeler des confrères. Mais les remplacements restent rares.

Et pendant qu'il attend, Esther est suspendue dans Paris. Esther court sans savoir où. Court partout. Elle est infirmière. Quand elle n'est pas dans le métro, elle marche, court, et Paris claque autour d'elle, la gifle au visage en bourrasques. Et comme après une journée de mer, elle revient chez eux, le soir, dans leur petite chambre sombre, les joues rouges, fraîches, et les cheveux en bataille. Elle rapporte un peu de son image d'elle. Elle aimerait y inclure Reza. Mais Reza a sa propre image. Celle de lui dans un cabinet. Lui dans un cabinet et sans accent. Et Esther à la maison.

Dans l'image d'Esther, elle court dans les rues de Paris. Reza est chez eux dans le noir. Et ils sont pauvres. Ils sont de plus en plus pauvres. C'est un enfoncement progressif. Esther le sent. Elle travaille encore plus dur. Lui, il ne peut rien faire d'autre. Elle réussit à remplir ses journées de rendez-vous. Elle est partout dans Paris. Que fait-il de sa journée ? Esther ne le sait pas. Elle ne veut pas demander. Elle a peur de demander. Elle n'ose pas. Elle travaille pour lutter contre l'engloutissement.

Quand elle rentre le soir, Reza baisse les yeux. Elle regarde dans le vide et reste concentrée sur l'image d'elle dans Paris sous le ciel blanc immobile qui avale les ombres et aplatit toute chose. Dans Paris et les matins glacés qui peignent en jaune pâle les façades blanches. Paris au printemps, et les arbres verts et la Seine qui change de couleur et ressemble à la mer. Paris et ses milliers de fenêtres et de portes, et la vie des gens derrière. Jamais elle n'avait vu autant de monde. Les gens coincés dans les autobus, les gens bien rangés dans leurs voitures, les gens écrasés contre les portes du métro, collés les uns aux autres et qui perdent leurs yeux le plus loin possible dans le wagon pour oublier le corps inconnu pressé contre le leur. Les gens qui marchent autour d'elle dans les couloirs du métro, dans les allées du marché, dans les rues, les avenues, les boulevards. Les gens qui s'arrêtent pour regarder une vitrine, les gens qui ralentissent, le journal sous le bras, pour s'asseoir sur un banc, les gens qui la dépassent parce qu'elle regarde les gens.

Ça se résoudra petit à petit. La pauvreté. L'engloutissement. Ils vont s'en sortir. Il va les en sortir. Reza sait que c'est lui qui le fera. Les en sortir et les installer dans l'appartement avec la terrasse. La terrasse sur laquelle Esther attend.

Ce qui va se passer, c'est que Reza va devenir le médecin des pauvres. Le médecin des étrangers, des immigrés. Le médecin de ceux qui ont aussi des accents. Il va d'abord faire des visites, puis il ouvrira un cabinet. Ça va prendre du temps évidemment.

Ça ne se fera pas tout de suite. Mais ça viendra. Dès qu'il le pourra, il demandera à Esther de ne plus travailler. Il lui demandera de s'occuper des enfants. Il n'y aura pas d'effondrement. Assez vite, il n'y aura plus de restrictions. Ils pourront changer d'appartement. Laisser derrière eux la petite pièce toute noire et son unique fenêtre. Ils vivront dans un grand appartement clair qui laisse entrer la lumière. Il va les sauver de l'engloutissement.

Évidemment, Esther sera heureuse quand elle aura le grand appartement. Il lui dira « tu es heureuse de ne plus travailler ». Elle dira oui. Elle ne dira pas qu'elle regrette de ne plus courir dans Paris. Qu'elle aimait marcher au son des klaxons et à la lumière des cafés. Elle gardera l'image pour elle.

Regardez-la encore. Regardez-la une dernière fois. Il n'y a pas d'autre image. Elle se laisse emporter par le flot. Elle s'imprègne des odeurs de la ville, de sa pluie froide, de ses bancs poussiéreux, de ses trottoirs glissants. Elle marche jusqu'à ce que la nuit tombe pour voir les fenêtres des immeubles s'éclairer. Elle aime passer devant les vitrines orange des cafés, voir les réverbères frétiller d'impatience au soleil couchant, croiser le sillage d'un couple parfumé qui s'engouffre dans un taxi. À l'abri de la nuit, elle disparaît. C'est la liberté de cette image. Elle peut disparaître.

Elle pense aujourd'hui que peut-être Reza lui en a voulu. Avant, elle n'y pensait pas. Mais maintenant ça lui paraît possible. Possible qu'il lui en ait voulu. Possible qu'il lui en veuille encore, même aujourd'hui. Même après qu'elle a abandonné cette image. Pas abandonné. Caché. Que ça ne soit plus qu'une image.

Il y avait eu un soir. Un soir où on l'avait reconnue marchant dans les rues. La nuit. Devant les terrasses de cafés orange. Quelqu'un d'autre avait vu cette image. Elsa. Esther lui fait des piqûres trois fois par semaine. Esther et Elsa ont un secret. Elsa ne veut dire à personne qu'elle est malade. Elle dit à Esther « vous êtes la seule à savoir ». Elsa a un grand front. Un front d'homme. Un front rassurant. Des sourcils fins qui vous fouillent l'âme, qui vous questionnent, qui vous interrogent sans jamais rien dire. Et en dessous, un regard bienveillant. Il y a un sourire aussi. Le sourire d'Elsa un peu en coin. Un peu inquisiteur, un peu moqueur. Comme si elle savait quelque chose sur vous. Et pourtant c'est Esther qui sait quelque chose sur elle.

Quand Elsa appelle Esther depuis la terrasse, ça la surprend. Forcément. Esther sait son secret. Elles ne doivent pas être vues ensemble. C'est sa relation adultère. C'est une autre vie. C'est l'image d'Esther qui n'est qu'à elle, aussi. Ça l'étonne qu'on la reconnaisse dans cette image. Ça la flatte aussi. Bien sûr.

Quand Esther voit Elsa agiter la main à la terrasse du café, elle ne sait pas si elle doit la rejoindre. Ou la saluer. Ou l'ignorer. Elsa est avec deux amis : une petite blonde insignifiante au front bombé et aux yeux noirs et un grand homme avec un accent et des taches de rousseur, qui trempe son doigt dans son verre vide puis le suçote avec délice. Il y a beaucoup de verres sur la table et beaucoup de mégots dans le cendrier. Il fait bon dehors. Les réverbères sont des oranges brillantes qui dansent contre le fond noir de la ville.

Elsa agite la main. Elle sourit vraiment. En coin toujours. Mais sans moquerie. Esther s'assied avec eux. Ils parlent de poésie. Il y a des prénoms étrangers. Il y a des choses qu'elle ne connaît pas. Ils parlent de films. Le monde est orange. La fumée des cigarettes, orange aussi. Esther a posé son image avec eux. Et l'image devient réelle. Ce n'est plus une image qui court. C'est Esther, assise, au milieu des autres. Esther quelque part où elle n'a jamais été avant. On pourrait penser qu'elle serait gênée avec cet homme à côté qui continue à suçoter son doigt. Ou par le bruit. La lumière. Les phares des voitures qui les éblouissent parfois. Mais l'image est là, définitive. Esther s'entend parler. Elle s'entend rire. Elle ne sait pas de quoi. Elle ne sait plus. Elle est purement dans ce moment. Ce moment qu'elle sent lui être dû.

Et puis Elsa demande à la blonde aux yeux ronds d'échanger sa place avec Esther. Elsa dit qu'elle la veut à côté d'elle. La blonde rougit, parce que ça l'énerve. Esther ne rougit pas. Elle trouve ça normal.

C'est elle qu'Elsa a appelée. Elle prend la place de la blonde, dont les gros yeux noirs roulent dans leurs orbites. Elsa se penche vers elle. Elsa rit. Elle lui raconte des choses qu'Esther n'entend pas, à cause du bruit. À cause de tout ce qu'il y a d'autre à écouter autour.

Plus tard dans la soirée, Elsa prend la main d'Esther. Elle lui lit les lignes de la main. L'homme avec un accent se penche aussi. Ils discutent par-dessus la main d'Esther comme deux généraux devant un plan de bataille. Il y a des doigts qui caressent sa paume. Elle ne sait plus si ce sont ceux d'Elsa ou de l'homme. Ils disent des choses. Elle les oublie. Ils sont tous les trois dans leur monde orange. Le bruit diminue. Elle entend mieux leur voix. L'homme a un accent du Nord. Hollandais. Belge. Un accent dur.

Puis il y a de moins en moins de phares. De moins en moins de voitures qui attendent au feu rouge. Et la nuit est plus noire. Elle rentre tard. Ils la déposent en taxi. Elle n'a pas vraiment bu parce qu'elle n'aime pas ça. Mais la peau de ses joues brûle. Peut-être que c'est aussi à cause de la main de l'homme à l'accent mystérieux qui coule le long de son bras, jusqu'à sa cuisse, jusqu'au pli de son genou où il fait glisser son doigt. Le même doigt qu'il suçotait plus tôt. Ils lui proposent de les suivre ailleurs. Chez Elsa. Ou chez lui. Ça n'a pas d'importance. Elle dit non. Elle dit « mon mari m'attend ». Elle quitte le taxi en laissant traîner encore un peu sa jambe contre la main de l'homme. Puis des portes claquent, celle du taxi, celle de l'immeuble, celle de l'appartement. Chez elle, chez eux, le noir et le silence et personne qui l'attend.

Après cette soirée, il se passe six mois pendant lesquels cette image est encore réelle. Où elle court vraiment dans Paris. Où elle sait vraiment où elle va. Où elle sent qu'elle peut s'arrêter et devenir cette image. Il n'y a pas encore d'enfant. C'est sûr, ce sont les enfants qui vont y mettre un terme.

L'enfant et Reza dans son cabinet. Les deux choses arrivent presque en même temps. Les deux choses gonflent en même temps. La patientèle de Reza et le ventre d'Esther. C'est plus difficile de courir dans Paris. L'image est distordue. Ce n'est plus une liberté. Où va-t-elle ? À cette époque, elle a besoin de savoir où elle va. Elle a cette responsabilité. Elle ne peut plus errer dans les rues comme avant. Elle ne peut plus courir contre les gens, contre Paris. S'engouffrer, se perdre, se retrouver, se cogner. Ce n'est plus possible. À l'image de liberté se substitue une autre image. Celle de Reza. Celle que Reza a construite patient après patient, jusqu'à l'appartement et la terrasse. C'est une image qui lui laisse moins de place. Moins d'air pour respirer ou pour courir. L'image de Reza enfle et pousse son image à elle. Elle devient réalité. Il faut s'y résigner. C'est comme ça qu'elle le voit. C'est son image à lui qui a gagné. Jaunie, les coins émoussés et les pliures profondes, l'image de sa liberté n'existe plus qu'en elle.

C'est l'image de Reza qui restera. Pour les autres, pour tout le monde, c'est cette image. Pendant un temps elle accepte. Elle ne bouge pas. Elle se tient immobile dans le coin de l'image. Le ventre qui gonfle, puis un enfant dans les bras. Devant elle, Reza prend toute la place. Il ne la regarde pas. Dans cette image, il lui tourne le dos. Elle ne sait plus quoi faire, elle ne sait plus quoi dire pour exister dans cette image. Elle essaie de se projeter, de bouger, de trouver une place. Mais ses mouvements sont empêchés, il y a cet enfant, et il y en aura d'autres, et elle est dans un coin, un petit coin en bas de l'image, assise et entourée d'enfants, à peine la place pour étendre ses jambes.

Et c'est là, dans ce coin d'image, dans ce coin exigu, qu'elle commence sa tapisserie. C'est là qu'elle noue les premiers petits nœuds. Elle a tout juste la place de remuer ses doigts et de tisser les fils les uns avec les autres. Et ses doigts suspendus courent sur la tapisserie, comme elle avait couru après son rêve dans Paris.

Derrière elle, Reza s'est assis sur le rebord d'une jardinière. Il reprend son souffle.

Elle regarde sa montre. Ils ne devraient pas tarder. Elle regarde la table vide. Et toutes les chaises autour. Aujourd'hui il n'y aura pas de chaise vide, se dit-elle. Ils seront tous là. Dans quelques minutes ils seront là. Ils viendront peupler le silence et le vide. Ajouter leur chaleur à la chaleur de l'air. Et pendant qu'ils parleront, Esther verra se resserrer les fils qu'elle a si patiemment noués et que la vie, injuste et acharnée, a distendus, effilochés, cassés.

2

Ce matin, malgré la chaleur, Esther est sortie pour aller au marché. Il n'y avait pas autant de monde que d'habitude. Certains commerçants ne sont pas venus. Qui aurait envie de rester debout au soleil ? À l'étalage de fruits et légumes, la grosse maraîchère porte un chapeau de paille trop serré, les bords remontent comme des cornes. Elle souffle. De grosses taches bleu foncé, comme des taches d'encre, maculent sa robe bleu ciel là où elle transpire le plus : sous les bras, sous les seins, entre les plis de son ventre. Esther veut lui éviter de trop bouger. Elle prend les sacs en papier qu'on lui tend. Elle les remplit. Des tomates. Des haricots verts. Des pommes de terre. Et les donne à peser à la maraîchère dégoulinante, dont les mains moites impriment des traces sombres sur les sachets bruns. Après avoir rendu à Esther sa monnaie, la femme se rassoit avec peine sur des cageots vides. Le col de sa robe est baigné de bleu foncé. Esther reprend son panier. Les anses de cuir lui scient l'épaule. La sueur glisse le long de son dos. Ses cheveux collent à ses tempes et à sa nuque.

Elle longe les étalages pour rester à l'ombre. L'allée centrale est une foule invisible de chaleur et de soleil qui la pousse sur les côtés. Il n'y a pas de cris. Les marchands n'ont pas la force. Juste les bruits des sacs en papier qui se remplissent, des caddies qui raclent le sol, bonjour, merci, au revoir.

Elle marche jusqu'au boucher dans le silence grésillant de lumière. La chaleur de la rôtissoire et celle du soleil se répondent comme un duo de cymbales. Les petits corps blanchâtres des poulets suent aussi. Leur chair craque sous les braises rouges. Étourdi dans sa fournaise, le vendeur a le regard vague. Ses joues suintent de milliers de petites bulles transparentes qui lâchent prise en longues larmes molles quand il lui dit bonjour. D'une main huileuse, il s'essuie le front. Et la graisse de ses doigts et la sueur de son visage lui font un masque chatoyant qui étincelle en un gros soleil. Esther lui demande quatre poulets. Il sourit et deux nouvelles rigoles se forment sur ses tempes. Les sacs brûlants luisent de gras. Il dit : « Vous pouvez les mettre au four trente minutes à faible température. » Elle fait oui de la tête, mais elle trouve ça cruel de remettre ces bêtes au four. Elle remonte son panier sur son épaule. À travers l'osier, contre sa hanche, les poulets ardents.

En rentrant, elle sent que sa migraine a recommencé. Ça fait des jours qu'elle a mal à la tête. Elle pense que c'est à cause de la température. La télé et la radio parlent de canicule. On conseille aux gens de boire beaucoup. Aux familles de faire attention aux personnes âgées. En entendant ça, Esther se dit qu'elle a de la chance, elle n'est pas seule, Reza est là. Reza est médecin. Ce n'est pas grave si ses enfants n'appellent pas pour savoir si elle boit assez ou si elle n'a pas trop chaud. Ils savent que leurs parents sont ensemble. Ils supposent qu'ils font attention l'un à l'autre. C'est juste ce mal de tête. Il y a des promotions à la télé, à la radio pour des ventilateurs, pour des systèmes climatisants qui peuvent être installés en vingt-quatre heures. Esther se souvient qu'il y a un ventilateur à la cave. Elle pourrait aller le chercher. Au moins pour la nuit. Ça pourrait faire passer le mal de tête.

Mais elle ne veut pas descendre à la cave maintenant. Pas aujourd'hui. Elle y était déjà hier. Elle évite d'y aller. Elle a dû y aller hier parce que Reza n'avait toujours pas remonté le grand parasol pour la terrasse. Pourtant elle lui avait demandé plusieurs fois. Il avait dit non. Et quelque chose d'autre. Elle n'a pas écouté. Elle connaît ses intonations. Elle n'a plus besoin d'entendre les mots.

La cave se trouve dans l'immeuble voisin. Pour y accéder, il faut traverser un parking souterrain. Comme tous les parkings, c'est mal éclairé. Il y fait froid et sale. Esther n'aime pas y aller. Pourtant, quand elle est sortie de la fournaise de l'appartement, il y a eu un soulagement. Un soupir de contentement. L'air est frais comme un caillou qu'on sort d'un ruisseau. L'obscurité est apaisante. Seuls quelques néons crépitent faiblement. Personne. Pas un bruit. À peine le ronflement d'une soufflerie. Le métal froid tout autour.

Les portes de l'ascenseur se ferment dans un vacarme d'aluminium broyé. Les couleurs s'évanouissent. Esther s'avance entre les rangées de voitures, dans le gris et les lumières bleutées des néons. Dans l'obscurité poussiéreuse mais fraîche, Esther se sent protégée. Elle dépasse une voiture abandonnée qui disparaît sous une couche de crasse. Des gens ont tracé des injures avec leur doigt. Sur un pare-brise, quelqu'un a écrit *lavez-moi*.

Elle emprunte son raccourci habituel et se faufile entre les voitures serrées, marche en crabe pour ne pas salir ses vêtements, une main sur le ventre pour être sûre que son chemisier ne frotte pas contre les carrosseries. Elle tourne encore dans des couloirs qu'on a peints en blanc pour apporter de la clarté, peints du sol au plafond en blanc brillant pour refléter la lumière des néons. Ses semelles coassent sur le sol peint. Elle passe devant les portes des caves d'autres gens, celle de ses voisins et celle du couple qu'elle voit parfois sur le balcon d'en face, et peut-être celle du propriétaire de la voiture sale.

Elle songe aux vies qu'on a entassées là. Il y a les passés auxquels on ne veut plus penser, les futurs qui n'auront jamais lieu. Ça la fait frissonner. Elle pense, toutes les caves sont comme des tombes. Elle baisse les yeux en marchant au milieu d'elles. Un respect, quelque chose comme de la solennité. Aussi l'impression de ne pas devoir être là. Qu'il ne faudrait pas qu'elle soit là. Qu'elle passe trop près de la vie des autres. Les caves se remplissent avec la vie qui passe, on les bourre de choses qu'on oublie en pensant ne pas les oublier, on se dit que cette chose est là, à la cave, et ça suffit pour se convaincre qu'on ne l'a pas oubliée.

Leur cave à eux est pleine à craquer. C'est rempli de cartons. De tapis persans. Ils sont enroulés à l'envers pour protéger la laine, posés les uns à côté des autres. Ils penchent légèrement. On dirait des colonnes en ruine. Il n'y a pas de lumière dans la cave. Elle a une lampe de poche. Le faisceau blanc passe sur des choses qu'elle ne peut pas nommer. Des cartons sans étiquette. Elle ne sait plus ce qu'il y a dedans. Des boîtes en plastique. Des pots de peinture. Au fond, une paire de skis. Il y a tout ce dont elle ne se souvient pas. Tout ce qu'elle a entassé ici. Des choses qu'elle a gardées, pourquoi ? Tout ça, ça pourrait brûler, elle ne saurait même pas ce qu'elle aurait perdu. Mais il y a aussi, dans un coin de la cave, des cartons empilés. Parfaitement rangés. Avec des noms dessus. Carole, Alexandre, Bruno, Vanessa. Les noms des enfants. Les cartons des enfants. L'enfance de ses enfants. Bien rangée, bien catégorisée dans des cartons.

C'est important, pour la mère, que les cartons soient bien rangés. Que l'enfance reste propre et protégée. Elle leur avait demandé s'ils voulaient garder des choses. Ils ont dit : « Jette, maman, jette. »

Mais elle n'a rien jeté. C'est aussi son travail de mère de garder les souvenirs intacts. Elle les garde pour que les enfants puissent se les rappeler. Se les rappeler avec elle. Les enfants oublient leur enfance. Ils en retiennent des impressions, des sensations. Quelques événements. Mais ils oublient. L'enfance est un moment qui appartient aux parents. Alors elle l'a gardée, bien rangée, bien protégée. Les enfants peuvent s'y replonger. Ils s'y replongeront un jour. Et ils auront les mêmes souvenirs que leur mère. Ils auront ça à partager. L'enfance ne sera plus seulement à elle. Elle sera à eux aussi. À eux tous. À eux ensemble.

Elle passe sa main sur les tapis. Du côté exposé, les motifs ont perdu de leur éclat. Les traits sont géométriques, les couleurs fades, la laine rêche. On peut voir chaque petit nœud comme une petite boîte carrée. Elles s'empilent les unes sur les autres, une couleur sur une autre. Un petit nœud après l'autre. Et tous ces petits nœuds se suivent et se cumulent pour former une ligne, un contour, la branche d'une fleur, la lance d'un chasseur, l'œil d'un animal. Et c'est comme si elle voyait les mains des enfants en Iran, leurs petits doigts précis et minutieux, leurs minuscules gestes, leurs ongles noirs qui se mêlent aux fils roses et bleus et blancs et verts, qui disparaissent entre les fils de soie et de laine avec la dextérité de harpistes. Et qui nouent patiemment les fils entre eux pour créer les petits nœuds qui s'assemblent méticuleusement d'un côté et racontent une épopée de l'autre.

Elle lève les yeux vers le ciel noir et sale de la cave. Serrées les unes contre les autres, les colonnes fragiles de cartons forment des lignes, comme les nœuds des tapis. C'est pour elle comme si toute l'histoire de la famille était là ; chaque carton est un nœud qu'elle a formé, chaque colonne, une ligne qu'elle a tissée.

Au milieu des cartons, elle les regarde s'élever. Elle pourrait presque voir à l'intérieur les jouets empilés, les vêtements bien pliés, les bulletins de notes bien classés et les remarques flatteuses des professeurs qui la font encore rougir d'orgueil. Et bien qu'il n'y ait pas de quoi faire plus de deux pas entre les piliers de cartons, Esther marche à grandes enjambées dans la cathédrale immense du souvenir.

Le grand parasol est enveloppé dans plusieurs couches de plastique, Esther le prend contre son corps, entre ses bras. Elle le traîne hors de la cave, entre les voitures, jusqu'à l'ascenseur. Inéluctable, la cabine l'éloigne étage par étage de la fraîcheur de la cave vers la chaleur de l'appartement.

Les feuilles et les fleurs grésillent sur la terrasse, résignées et impuissantes, sous les rayons blancs du soleil. Quelques guêpes assoiffées tournent désorientées. Elles se posent sur un géranium flétri puis sur un autre. Les appartements des immeubles voisins ont tiré leurs rideaux pour conserver la fraîcheur. Rien ne bouge. Le ciel est blanc. Le soleil est blanc. Elle sort sur la terrasse. Elle sort dans la chaleur comme on court sous la pluie, le dos courbé, le visage tourné vers le sol. Elle traîne derrière elle le parasol. Le pose contre le parapet. Puis elle retourne s'abriter dans la noirceur aveuglante de la salle à manger. Elle respire à nouveau.

De retour du marché, elle porte son panier chargé des courses jusque dans la cuisine. Le hisse sur la table en formica. Elle sort immédiatement les quatre poulets, les met au four à température basse pour les garder au chaud. Elle espère qu'ils ne seront pas trop secs. Si tout le monde arrive à l'heure, ça devrait aller.

Puis elle s'occupe des légumes. Elle est impatiente. Elle aimerait que tout soit déjà prêt. Que tout le monde soit là tout de suite. Elle veut les voir assis autour de la table. Apporter les plats sur la table. Voir des mains qui se servent, des cuillers qui s'entrechoquent, des assiettes qui se lèvent, qui se croisent. Elle veut voir de l'eau dans les petits verres et du rose dans les verres à vin.

En attendant, elle coupe les légumes. Équeute les haricots verts, pèle les tomates comme sa grand-mère lui a appris. Elle les trempe d'abord dans l'eau bouillante. La peau se fend, puis se recourbe. Elle les attrape dans l'eau avec un chinois. Les passe sous l'eau froide pour ne pas se brûler les doigts. Mais ça brûle quand même. Ses mains rougissent. Elle les laisse sous l'eau froide. La cuisine s'emplit de chaleur. La vapeur d'eau de la casserole pour les tomates. Le four pour les poulets. Ses cheveux collent à son front et à ses tempes. Sa chemise à son torse. Quand les tomates sont pelées, elle les coupe en quartiers en faisant attention à ne pas les écraser. Le jus acide pique ses mains brûlées. Puis elle commence à couper les pommes de terre. Elle aime l'odeur des pommes de terre crues. Une odeur de frais qui l'apaise dans la chaleur de la cuisine.

Le rythme du couteau compte les secondes. Bientôt tout le monde sera là. Elle se figure à nouveau l'image adorée. La famille écrasée de chaleur, assoupie, autour de la table. Le repas fini. Les plats et les assiettes vides. Les verres pleins. Elle prendra peut-être une photo.

Le téléphone interrompt sa rêverie.

3

Elle crie : « J'y vais ! » Elle crie en direction de Reza qu'elle voit s'échiner sur la terrasse. S'échiner à faire rentrer le parasol dans son pied. Elle pense qu'il ne devrait pas faire tant d'efforts en plein soleil.

— Allô.

— Maman, c'est moi.

— Vanessa ? Je t'entends mal !

— C'est mieux là ?

Oui, c'est mieux. Esther entend les talons de sa fille claquer sur le trottoir. Elle entend la rue autour, les bruits d'un café. Elle entend aussi au fond les cris aigus de sa petite-fille.

Pendant longtemps, Vanessa n'est pas rentrée en France, mais depuis qu'elle est mariée, elle revient tous les deux ans, pour l'été. Elle habite en Australie. Elle est mariée avec un Australien. Esther espère que maintenant qu'elle a un enfant elle sera là plus souvent.

Vanessa était partie à l'âge de dix-huit ans, et Esther avait perdu pied. Elle n'avait jamais pensé que ça puisse arriver. La perte de cet enfant. Elle avait dû l'accepter. Le départ de la dernière. La petite dernière. Les gens disent la petite dernière comme si c'était facile, un enfant gagné d'avance, qui prend une petite place ; et qui ne laisserait qu'un petit vide, alors ? La grande dernière. Le grand vide. Le vide immense avec plus rien pour le combler. Le dernier enfant qui s'en va. Il n'y en aura pas d'autre. Il emporte avec lui le sens de la maison, le sens de la vie. Il part en tirant sur les fils qu'Esther avait tissés, les tend jusqu'à les rompre, tic, tic, tic, les arrache, et laisse pendants derrière lui des fils trop courts. On ne peut plus rien en faire.

La grande dernière. Celle à qui on ne pardonne pas. Celle qui n'est pas normale, car elle rend la vie anormale.

Quand ils naissent, les enfants savent que leurs grands-parents vont mourir, ils savent que ça arrivera de leur vivant, c'est la vie. C'est comme ça. Ils sont préparés pour. Les grands-parents sont vieux. C'est attendu. Mais si un parent meurt, alors la douleur est ineffable. L'injustice, le manque de préparation. On ne savait même pas que ça pouvait arriver. La mort a plus d'un visage, l'un doux et compatissant, l'autre cruel et insondable. Et les départs aussi. Le départ de Vanessa avait été pour Esther comme la mort inattendue d'une mère.

Elle avait su que ses autres enfants allaient partir. Les trois premiers. Et c'était arrivé sans qu'on y pense, ils avaient disparu sans qu'Esther s'en rende compte. Comme des grands-parents qui meurent, leur départ était prévu, calculé inconsciemment. Presque un compte à rebours. Esther avait enduré le départ. Avec courage, elle avait plié des vêtements, fait des valises, repeint des murs d'appartement. Elle avait su agir face au départ, car elle y avait toujours été préparée.

Mais la naissance de Vanessa avait été un espoir, un sursis, la promesse que sa vie allait reprendre, inaltérable. Il n'y aurait plus de départ. Cette naissance était une récompense. Elle avait laissé partir trois enfants, mais elle pourrait garder le quatrième. Elle se croyait lucide dans sa naïveté, se disant que Vanessa partirait peut-être un jour, mais qu'elle n'irait pas loin. Il y avait toujours des studios à louer dans l'immeuble.

Il lui avait fallu trois enfants, trois départs, et la menace d'un quatrième pour comprendre ce que c'était qu'être mère. Le destin d'une mère, c'est de laisser partir ses enfants. De son ventre, de sa maison, de ses bras. Les douleurs de l'enfantement ne sont rien comparées à la douleur éternelle de la séparation. Mettre au monde ce n'est pas accoucher, c'est se laisser abandonner.

Tellement. Elle lui en veut tellement. Elle ne veut pas se l'avouer. La traîtresse, son amour, son espoir, cette naissance qui devait être leur renaissance. Et encore aujourd'hui, l'ingrate, l'égoïste. Encore aujourd'hui, après des années d'absence, après le silence, après le téléphone seulement un soir par semaine, elle ne viendra pas.

Et pourtant, alors que la voix de Vanessa, légère, insouciante, lointaine comme toujours, va lui annoncer qu'elle ne viendra pas, qu'il y aura ce midi une place vide à table, que ce qu'Esther a vu en rêve n'aura pas lieu, alors que la voix va dire tout cela et qu'Esther le sait, parce qu'elle la connaît, la traîtresse, elle sent autour de son cœur comme une main qui le caresse, et la voix de la traîtresse est cette main. Parce qu'elle est loin mais moins loin que d'habitude, en cette seconde, alors que la voix dit qu'elle ne viendra pas, Esther va pouvoir lui proposer de passer plus tard. Et c'est comme si Vanessa vivait ici, dans Paris, près d'elle, et comme si Esther pouvait cesser de lui en vouloir, et comme si ce n'était pas grave qu'elle ne vienne pas, parce qu'elle peut venir plus tard. Elle viendrait pour le café. Elle s'assiérait à table avec ses frères et sa sœur, avec ses parents, avec tous les petits-enfants. Elle s'assiérait avec eux et elle sentirait ce qu'elle leur avait arraché. Elle saurait de quoi elle les avait privés. Elle regarderait sa mère, et Esther pardonnerait. Bien sûr, une mère pardonne tout. Une mère on peut tout lui faire, elle pardonne. Une mère se quitte, s'ignore, se broie, s'oublie. Le délice des enfants, c'est de torturer leur mère en sachant qu'au bout il y aura toujours et l'amour et le pardon.

— Oui, je t'entends mieux ! Où es-tu ?

— Place de la Nation. Je viens de croiser Julie ! Tu te souviens ? On était au lycée ensemble.

Pendant que sa fille parle, les yeux d'Esther glissent sur les tapis persans pendus, posés, accrochés, piétinés, enroulés, qui peuplent l'appartement. Ils se perdent entre les volutes bleues, les oiseaux roses, les rosaces nacrées, ils se noient dans le fond bleu-noir comme le ciel à minuit sur la mer Caspienne. Esther a la tête qui tourne. Elle regarde la faune et la flore, et à ses vertiges se mêlent la place de la Nation, les copines de lycée dont elle revoit les visages, et des noms aussi, qui cherchent leur visage tels des insectes bourdonnant de fleur en fleur. Et la voix de sa fille dans le fond.

— Du coup, je vais déjeuner avec elle. Mark va passer prendre quelques affaires pour Astrid. Il fait beaucoup trop chaud. La petite est en nage depuis ce matin. Je ne savais pas qu'il pouvait faire aussi chaud à Paris !

Vanessa ne perd jamais une occasion de montrer qu'elle habite loin. La météo, c'est l'évidence. Mais il y a aussi les pigeons qu'elle avait oubliés parce que chez elle ce sont des perruches vertes. Et comment peut-on vivre aussi loin de la mer ? Comment peux-tu vivre aussi loin de ta mère, aurait voulu lui répondre Esther. Et puis les légumes qui sont élevés sous serre et qui n'ont le goût de rien, les poubelles qui n'incitent pas au recyclage, l'absence de parcs, l'absence de sable, l'absence de soleil, l'absence de promenade le long des vagues. Absences. Esther sait ce que c'est que l'absence. Elle est bien d'accord, Paris est peuplé d'absences.

Les absences pour Esther ce sont les creux que Vanessa a laissés. Des trous béants dans lesquels elle tombe parfois, au hasard d'une balade dans Paris, d'un parfum, du scintillement d'un objet. Elle cède à l'appel du vide, espérant y retrouver des traces de leur passé. Si belle et délicate à la naissance que les gens se taisaient en la voyant. Délicate comme du verre de Venise, avait dit la sage-femme. Petite fille, quand elle ne voulait rien manger et qu'Esther lui préparait autre chose et encore autre chose et encore et encore jusqu'à ce qu'elle avale quelques bouchées. Adolescente, quand ses frères et sa sœur avaient quitté la maison, et qu'il n'y avait plus que Vanessa et qu'Esther s'était dit qu'elles seraient amies. C'était une promesse qu'elle s'était faite. Et qu'elle ne put pas tenir, tout comme elle ne put jamais retenir Vanessa.

Vanessa n'avait pas voulu de sa mère comme amie. Elle était partie loin. Le plus loin possible. Elle avait arraché le cœur de sa mère pour l'emporter si loin que celle-ci ne l'entendait plus battre. Elle avait piétiné les petits nœuds qu'Esther avait tissés passionnément, dans l'espoir de réaliser sa plus belle œuvre. Vanessa l'avait fait sans s'en rendre compte, avec l'arrogance de la jeunesse, cette jeunesse qui lui donnait raison, qui lui faisait une armure contre tout, y compris les pleurs de sa mère qui, seule dans son salon, ses enfants partis, se rendait compte qu'elle n'avait plus personne. À qui pouvait-elle confier qu'elle en voulait à Vanessa ? Certainement pas à Reza qui se disait débarrassé, et certainement pas à elle-même qui avait passé tant d'années à se tuer les mains et le cœur à nouer tous ses minuscules petits nœuds, pour rien, pour rien. Si quelqu'un devait comprendre, c'était Vanessa, et elle avait choisi de ne pas voir et de partir, et de laisser sa mère seule, face à sa tapisserie en lambeaux.

Elle lui en veut. À cette voix qui lui rappelle qu'elles ne sont pas amies. À cette voix qui annonce qu'elle ne viendra pas. Esther, la main crispée sur le téléphone, les yeux perdus dans les tapis persans, imagine sa fille de l'autre côté, ses talons qui claquent dans la chaleur, ses yeux qui roulent vers sa copine Julie, des yeux qui soupirent. Elle le sait, elle le sent, que les yeux roulent, que les yeux regardent en l'air. Elle pense à ces yeux, aux yeux chéris de sa fille qui attend de raccrocher le téléphone, qui attend d'être libérée de cette conversation, et elle sent une chaleur bouillonnante autour d'elle, comme un ruisseau qui l'emporte, impétueux, une chaleur qui la noie et la soulève et l'étouffe. Et son corps fatigué d'un coup comme s'il avait été brinquebalé dans les rapides, et sa tête et des vertiges, comme un mal de mer, et la main autour de son cœur qui ne caresse plus mais qui serre.

Quand Vanessa est née, Esther était déjà fatiguée. Fatiguée d'avoir à éduquer. Elle avait, pour les trois premiers, tissé leur avenir sans leur en parler. Elle avait décidé. Ils avaient obéi et ils avaient accompli. Les deux premiers du moins. Carole et Alexandre, oui, ils avaient accompli. Le troisième, Bruno, moins. Bruno serait toujours un problème. Elle le savait. Elle pensait l'avoir accepté. Vanessa était venue l'effacer.

La première fois qu'Esther a vu Vanessa, rouge et gluante, terrifiée par le monde, ce fut comme une apparition. Esther avait eu trois enfants avant. Elle était obligée de comparer. C'est impossible de ne pas comparer. Surtout à l'autre fille. À la grande sœur. Au brouillon, dirait plus tard Reza. Carole était née comme si elle allait mourir, sans bruit, avec le visage froissé et immobile des momies conservées dans la glace. Esther savait qu'elle était laide et elle se disait, tous les nourrissons sont laids. Mais elle n'en parlait à personne.

Vanessa, hurlante et sale et tout de suite après fraîche et blanche, de longs cils noirs, une petite bouche rouge comme une cerise. Esther veut lui parler, mais elle ne sait pas quoi dire. Elle se sent bête face à cette enfant. Au fond d'elle, un trou se creuse, une peur immédiate de la perdre, une peur immense. Est-ce qu'elle a ressenti ça avec les autres ? Non. Sans doute pas. Pas comme ça. Elle la tient dans ses bras, cette petite chose immobile et vulnérable, et pourtant c'est elle qui se sent prisonnière.

Elle a été mère trois fois déjà. Elle a vécu ça trois fois déjà. Mais en fait, elle ne l'a jamais vécu.

Sur les yeux clos de l'enfant, elle voit la fin de sa vie. La fin violente, irrémédiable. Il n'y aura plus de naissance. La dernière fille. La dernière naissance. La dernière chance. Elle se sent emportée par un torrent et elle s'accroche à ce petit être comme à un arbre miraculeux qui, depuis la rive, se serait penché pour la sauver. Elle n'ose rien dire, ses mains tremblent. Reza est parti. Elle est restée seule et éveillée toute la nuit, agrippée à l'enfant. Les infirmières sont venues éteindre les lumières. Elle a fait semblant de dormir. Elle avait peur qu'on lui pose des questions auxquelles elle n'aurait pas su répondre.

Dans le noir, elle a rouvert les yeux. Elle sent le poids chaud. Elle soupèse l'enfant. Chaude et légère et endormie comme un chat. Elle sent le souffle, le soulèvement délicat et obstiné des poumons, ses petits poumons tout neufs. Et elle les imagine roses et frais et purs, qui respirent déjà l'odeur de l'hôpital, le désinfectant et l'alcool et le parfum rêche des draps d'hôpital. Alors, doucement, se soulevant sur un bras, sa fille dans l'autre, elle s'approche de la fenêtre. Elle laisse entrer l'air frais. L'air gelé du mois de janvier. Et sa fille est encore plus chaude dans cet air froid. Elle regarde les paupières bombées, bleues et bleu clair à cause du reflet de la lune et des réverbères. La peau bleue aussi. Et les cils noirs, si noirs et si longs déjà qui, sous la lumière bleue, font des ombres bleu marine, comme des ombres de palmier sur le visage de l'enfant. Et dans la nuit, elle sent son corps, tout son corps devenir le corps de sa fille. Son corps devient les petits poumons roses et les paupières bleues et bombées du petit corps chaud de sa dernière chance. Ce petit corps si plein, si entier, si parfaitement neuf. Et dans le ventre d'Esther se creuse un trou de la taille de ce corps. Un vide qui commence à peine à s'élargir. Un vide froid et rouge. Un vide comme un regret. Car ce petit corps, c'est la certitude qu'après ça, il n'y aura plus rien.

Vanessa, on la regardait. Esther le savait. Elle l'a su avant même que Vanessa le remarque. Elle l'a vu quand elles marchaient dans la rue, et que les yeux des hommes glissaient d'Esther à elle. Les yeux des hommes qui cherchaient la poitrine sous le visage d'enfant. Quand Esther observe ce visage, elle voit la même peau bleue aux paupières bombées que le soir de sa naissance. Elle ne voit pas le désir que voient les hommes.

Elle en parle à Reza. Il s'emporte. « Elle n'aguiche personne », dit Esther. Ça le rassure. « Elle n'y peut rien, continue Esther, c'est comme ça, les hommes la regardent. » Esther aimerait savoir ce que Reza pense. C'est un homme. Elle aimerait savoir ce que les hommes pensent quand ils cherchent la poitrine sous le visage d'une enfant qui n'a pas quinze ans. Mais elle ne demande pas.

Reza dit : « Quand même, il faut qu'elle fasse des études. » C'est comme une menace. Il dit : « Il faut qu'elle fasse des études, sinon on ne sait pas ce qu'elle va devenir. » Il ne veut pas que la beauté soit son talent. Il veut cacher sa beauté sous des études, sous des diplômes, sous des livres. Il parle de l'Iran. Dit qu'il n'est pas venu d'Iran, qu'il n'a pas construit tout ça à Paris pour que sa fille fasse de l'argent avec son cul.

Esther le regarde. Elle ne peut pas parler mais elle le regarde. Elle comprend ce qu'il vient de dire. Il soutient son regard. Il dit qu'à son âge il vivait seul à Téhéran, qu'il étudiait la journée sans manger, qu'il attendait la nuit pour aller faire les poubelles du boucher, que les os de mouton, il devait les disputer aux chiens errants. Qu'il faisait bouillir les os pour faire comme une soupe et qu'il a toujours le goût de ce bouillon rance dans la bouche. Et il les voyait, les filles, les filles comme sa fille, qui n'avaient pas besoin de boire des bouillons rances d'os de mouton volés. Esther le regarde et son regard est de lave et de cendre. Reza se tait. Il dit qu'il pense qu'il a été clair. Son visage est rouge, plus rouge que s'il essayait d'installer un parasol sur la terrasse en pleine chaleur.

Vanessa a quand même fini par se rendre compte. Sa bouche rouge de cerise s'est épaissie, s'est gonflée du désir des autres. Les paupières rondes ont pris une teinte de terre, un peu plus foncée que la peau, se sont alourdies sur les yeux noirs, faisant plier les cils. La peau très blanche. Comme sa mère. Le nez petit, légèrement accidenté. Les cheveux noirs, bouclés, qui remontent autour de son visage. Elle est mince, presque maigre, petite, et tout son corps se dresse vers le haut. Les épaules en arrière comme une danseuse et les petits seins en avant. De qui tient-elle cette posture-là ? Elle est métisse, les gens le savent. Ça se voit. Mais les gens ne peuvent pas deviner son origine. Ils essaient. Ça l'amuse. Elle commence à se rendre compte que les gens la regardent grâce à ça. Lui demandent d'où elle vient.

La première fois qu'Esther la voit faire, c'est à la sortie de l'école. Il y a des grands frères qui attendent des petites sœurs, des petites sœurs qui sont dans la classe de Vanessa. Les grands frères ont commencé à regarder Vanessa depuis un moment. Et finalement, ils lui parlent. Lui demander d'où elle vient, c'est facile. Esther voit ça en tournant au coin de la rue. Elle voit sa fille comme si elle voyait l'enfant de quelqu'un d'autre. Vanessa est différente par rapport à ce matin, quand elle a quitté la maison. Elle a relevé ses cheveux et les manches de son blouson. À ses poignets scintillent des bracelets qu'Esther n'a jamais vus. Elle penche un peu la tête et regarde les garçons par en dessous quand ils lui parlent. Ses copines restent un peu à l'écart, Vanessa avec les grands frères.

Esther sent quelque chose couler en elle. Chaud. Moite. Et cependant son corps se glace. Elle voit sa fille lui mentir. Elle la voit être quelqu'un qu'elle n'a jamais vu. Pourtant Vanessa ne fait rien de mal. Elle ne fait que parler. Il n'y a rien de mal à parler. Si elle fumait une cigarette, là, Esther pourrait dire quelque chose, elle pourrait piquer une colère. Elle pourrait se diriger vers elle à grands pas, la prendre par le poignet, lui arracher la cigarette, l'écraser par terre, et tirer Vanessa par la manche retroussée de son blouson. Mais elle n'a pas de cigarette à la main. Elle a les mains dans les poches et elle parle. Elle parle en attendant sa mère. Et penser qu'elle l'attend apaise un peu Esther. Mais pour la première fois, sa fille est loin. Elle s'est échappée dans un secret. Coupée de sa mère dans une nouvelle posture, une nouvelle vie, dont Esther est exclue. Celle-ci s'avance un peu plus vers le groupe. Elle voit le regard de Vanessa, le regard en dessous, le regard à travers les grands cils noirs. Un regard réservé aux autres. Esther voit les cils noirs, qui sont les mêmes qu'à la naissance. Les cils noirs de l'enfant qui faisaient des ombres de palmier sur ses joues. Les cils noirs qu'Esther a créés, qu'elle voudrait lui reprendre. Que Vanessa devrait ne réserver qu'à sa mère. Car la fille ne devrait avoir d'yeux que pour sa mère.

Quand Vanessa remarque sa mère, elle ne sursaute pas. Mais elle se redresse. Les grands frères qui l'entouraient, naturellement, s'écartent. Vanessa relève la tête, elle range son regard par en dessous. Même si Esther l'a déjà vu. Et Esther ne dira rien.

Ça lui suffit de savoir qu'elle l'a vu. Qu'elle a volé ce secret à sa fille. Ça provoque une petite explosion de fierté en elle. Ça l'aide à sourire sur le reste du trajet.

Ça sera le dernier trajet qu'elles feront ensemble de l'école à chez eux. Esther ne viendra plus. Elle ne veut plus la voir avec les autres. Plus voir le regard en dessous. Elle ne veut pas connaître cette vie dont Vanessa veut l'exclure. Si sa fille ne veut pas d'elle, elle ne veut pas y être. Elle ne viendra plus la chercher à l'école. Au début, Esther donnera des raisons. Elle dira à Vanessa qu'elle est occupée, qu'elle se sent fiévreuse, qu'il fait trop chaud ou trop froid. Vanessa croira qu'elle a gagné sa liberté. Elle en profitera. Pendant qu'Esther, mère exclue, cherchera des façons de la punir.

Esther aurait dû comprendre que, si elle voulait la garder, elle aurait dû la laisser libre. Mais à la place, et pour être sûre que sa fille rentre à la maison, elle lui avait fait prendre des cours particuliers.

Il s'appelait Tim. Il était étudiant en école d'ingénieurs, il était blond, les yeux turquoise, et arrivait de Sydney. Il s'était donné six mois pour apprendre le français. Esther le payait pour faire réviser à Vanessa son anglais et ses mathématiques trois fois par semaine. Pourquoi Esther n'avait-elle pas envisagé qu'à lui aussi elle ferait le regard par en dessous ? Elle était contente de la voir rentrer, de l'avoir à la maison. Qu'elle soit là, à portée de main, c'était tout ce qu'elle voulait.

Vanessa a eu dix-huit ans. Elle a passé son bac. Elle a fait un peu la fête. Le lendemain des résultats, elle est allée voir Esther. « Je suis amoureuse de Tim », elle lui a dit. Et Esther a souri. Fière d'être l'entremetteuse. Satisfaite d'avoir arraché Vanessa aux garçons de l'école. De l'avoir récupérée dans sa vie, dans sa maison. À nouveau dans sa chambre. Toujours dans sa chambre. Malgré les dix-huit ans et le bac.

Elle admire sa tapisserie, ses petits nœuds bien serrés autour de Vanessa. Resserrés. La fierté la rend magnanime. Elle est grande devant sa fille. La petite dernière.

« Il doit rentrer en Australie. Et je vais partir en Australie avec lui. »

Les oreilles d'Esther bourdonnent. Comme aujourd'hui au téléphone quand Vanessa lui annonce qu'elle ne viendra pas déjeuner. Il fait chaud aussi. Comme aujourd'hui.

Le bourdonnement couvre les phrases d'Esther. Des phrases qui sont comme les mouvements de bras d'une personne tombant dans le vide, ridicules, inutiles, comiques. Elle accumule les arguments, les menaces, les raisons, les prières, la moquerie. On ne paiera pas ton billet de toute façon. Tu ne veux pas commencer tes études ici et le rejoindre plus tard ? Mais ma pauvre enfant, comment peux-tu être aussi naïve ? Tu crois qu'il t'aime ? Tu vas arriver là-bas et tu vas te faire larguer.

Et on ne sera plus là pour t'aider.

Toujours le bourdonnement. Et la colère qui s'empare d'elle. Irraisonnée, violente. C'est la folie animale, l'angoisse profonde. On lui arrache quelque chose. On lui arrache son petit. Esther veut frapper, mordre. Elle hurle sur Vanessa. Elle hurle sur son petit. Sur la petite dernière.

Elle voit les petits nœuds délicats, roses et bleus et vert clair. Elle les voit s'étirer, se détendre. Tic. Tic. Les fils se cassent.

Exclue à nouveau, la mère. Balayée. Ignorée. Repoussée. On oublie la mère et ce qu'elle a fait pour vous. Et Esther qui croyait qu'elle la récupérait. Qu'elle la retenait, sa fille. Esther ne se maîtrise plus. Elle dit des choses qu'elle va regretter. Mais elle ne veut pas y penser. Elle ne veut pas penser au futur. Il n'y a plus de futur. Il n'y a que ce moment-là. Ce moment-là qui doit durer. Cette colère-là dans laquelle elle peut rester toujours. Cette conversation dans la cuisine. Elle veut bien crier toujours. Crier jusqu'à mourir. Crier contre le bourdonnement.

Mais malgré les cris, Vanessa part. Et Esther regrette d'avoir crié. Il y a à jamais comme un trou de cigarette, un trou bordé de noir, au milieu de sa tapisserie.

4

Après le départ de Vanessa, le silence s'était installé. Il n'y avait plus, dans la maison, sa voix ni ses pas ni cette musique grésillante qui sort de sa chambre. Il n'y avait plus son bain qui coule, ses chaussures qui tombent sur le tapis de l'entrée quand elle rentre de l'école, la bouilloire qui crie pour son café du matin.

Ensuite, le silence se brise une fois par semaine, quand le téléphone sonne. Il n'y a plus rien d'autre que la sonnerie du téléphone.

Vanessa appelle le dimanche matin. C'est dimanche soir pour elle, à Sydney. Elle appelle et Esther décroche puis rappelle. Ça coûte cher. Esther ne veut pas que ça coûte quoi que ce soit à Vanessa. Elle a peur qu'elle cesse d'appeler. Elle voudrait qu'elle appelle plus. Elle lui a déjà dit « appelle-moi autant que tu veux et je te rappelle ». Mais Vanessa ne l'a jamais fait. Alors Esther attend dans le silence.

Esther n'appelle jamais elle-même. Elle ne veut pas. C'est Vanessa qui doit appeler, Esther y tient. Comme un principe. Comme une punition. Pour punir Vanessa de l'avoir laissée. De ne pas l'aimer assez. De l'aimer mal. C'est elle qui doit appeler. Esther accepte de rappeler pour que ça ne coûte rien. Mais c'est Vanessa qui doit appeler d'abord. Dans sa tête Esther ajoute presque, pour se faire pardonner. Mais en vérité, si Esther n'appelle pas, c'est parce qu'elle a peur que Vanessa ne soit pas disponible. Elle a peur de sentir qu'elle dérange. Elle a peur de sentir son autre vie, comme devant le lycée il y a des années. La vie qu'elle fait sans elle. Elle veut Vanessa entièrement. Elle la veut disponible. Elle la veut dédiée. Même si ce n'est qu'une heure par semaine. Une heure par semaine. Ce n'est pas grand-chose quand même. Une heure par semaine avec sa mère. Elle veut ce temps. Ce temps qui lui est dû. Ce temps qui devrait être à elle. Une heure par semaine. Une heure où Esther sait où elle est ; où elle sait ce qu'elle fait. Et chaque heure est comme un petit nœud à sa tapisserie. Un nœud fragile et boursouflé comme une cicatrice.

La seule fois où Esther a appelé, c'était pour annoncer le mariage de Bruno. Ça lui donnait une bonne raison. Vanessa ne pourrait pas ne pas être disponible. Elle resterait un peu. Mais Vanessa n'avait pas répondu. Le téléphone avait sonné longtemps, longtemps. Esther avait calculé l'heure qu'il était là-bas. Il était tard. Une heure où Vanessa aurait dû être à la maison. Elle a attendu. Elle a rappelé encore. Peut-être encore une autre fois. Elle a senti le bourdonnement revenir. La colère qui s'installe. La colère et l'incapacité d'agir. Que pouvait-elle faire ? Vanessa était loin. Elle était dehors. Elle rentrerait à une heure qu'Esther ignorait. Elle rentrerait quand elle voudrait. Le cœur d'Esther se remplissait de quelque chose de froid et de piquant. L'air autour d'elle devenait acide. Elle restait loin du téléphone. Essayait d'éviter la pièce où il se trouvait pour ne pas être tentée de rappeler. Elle regardait sa montre et calculait sans cesse l'heure qu'il était chez Vanessa. Deux heures du matin. Trois heures du matin. Si elle appelait maintenant, oui évidemment, elle serait rentrée. Mais il y avait toujours la peur d'appeler. La peur qu'elle ne soit pas là. La peur de ne pas savoir ce qu'elle faisait. Où elle était. Avec qui. Esther ne rappellerait pas.

Esther ne rappelle pas. Le lendemain est un dimanche. Elle sort dès le matin. Elle sort pour ne pas entendre le téléphone sonner. Le téléphone a dû sonner. Mais elle était dehors. Elle sort toute la journée du dimanche. Elle imagine le téléphone qui sonne. Peut-être plusieurs fois. Elle se dit, elle rappellera. C'est encore une façon de la punir. De la forcer, elle aussi, à faire face au silence.

Pendant une semaine, Esther ne décroche pas le téléphone. Elle laisse Reza décrocher. Le dimanche suivant, elle décroche. C'est Vanessa.

— Vous étiez où dimanche dernier ? J'ai essayé d'appeler plusieurs fois, ça répondait pas.

— Dimanche dernier ? On était sortis. Tu avais quelque chose à nous dire ?

— Non, rien de spécial, c'est juste qu'on s'appelle le dimanche d'habitude.

Esther ressent un picotement de fierté. Vanessa a appelé plusieurs fois. Elle a attendu et laissé le téléphone sonner. Esther ne dira rien. Rien. Elle ne dit pas qu'elle a essayé de l'appeler. Elle ne dit pas qu'elle a attendu et qu'elle s'est inquiétée. Et Vanessa ne dit pas non plus ce qu'elle cache depuis des semaines. Qu'elle n'est plus avec Tim. Qu'elle vit seule dans une auberge de jeunesse, mais qu'il accepte qu'elle vienne téléphoner chez lui, comme ça elle n'a pas besoin de leur dire encore la vérité. Qu'elle a envie de rentrer.

Elles ne se disent rien, la mère et la fille. Elles parlent de tout et de rien, sans jamais rien se dire. Elles ne se voient pas. Elles ne se parlent pas. Et quand Vanessa, après trois ans d'absence, reviendra pour le mariage de Bruno, quand Esther ira la chercher à l'aéroport, elle ne la reconnaîtra pas.

Les portes automatiques s'ouvrent. Esther cherche Vanessa des yeux. Il y a des familles, des gens bronzés, trop peu habillés, avec des casquettes, des tongs, des shorts, des yeux fatigués, des enfants qui traînent les pieds. Il y a une fille bronzée et jeune sous un grand chapeau et des lunettes noires qui lui mangent la moitié du visage. Une tresse fine et rose fluo se perd dans une masse de longs cheveux brûlés par le soleil. Elle porte un tee-shirt très court qui laisse voir son nombril dans lequel brille un gros bijou rond et rouge.

Esther la fixe. Vanessa ? Si belle. Si libre. La mère regarde la fille. Elle sourit presque. Elle sourit de s'avouer vaincue. Que sa fille ait réussi. Que sa fille ait eu raison de partir. Qu'elle ait bien fait. Si elle revient aussi belle et libre et grande, avec cette démarche de femme heureuse, alors elle a eu raison. Et Esther trouve de la consolation dans sa défaite. Elle veut abdiquer. Elle veut rire avec sa fille. Elle veut lui dire comment elle aussi, plus jeune, elle courait dans les rues de Paris. Elle est là, la connexion. Cette chose qui les lie. Le lien manquant. Esther avait besoin de l'admirer. Et pour l'admirer, besoin de se revoir en elle. Elle voulait voir sa fille la faire revivre. Elle s'avance vers la jeune fille. Elle tend les bras vers elle, mais sent qu'on lui tapote l'épaule.

Derrière elle, il y a une enfant frêle aux yeux fatigués, trop mince dans son sweat à capuche trop grand, les cheveux aplatis par le siège d'avion. Esther se tourne vers la belle fille libre, qui saute dans les bras d'un homme plus âgé. Elle se retourne vers Vanessa. Elle est déçue. Elle est déçue devant cette enfant grise et maigre et perdue. Cette enfant qui ne sera jamais elle. Cette enfant qui a dépéri. Qui revient chétive.

Vanessa regarde Esther avec des yeux humides. Mais Esther n'a pas de pitié, que de l'agacement. Vanessa pourtant se jette dans ses bras. Esther sent au fond d'elle quelque chose remuer. Comme une guêpe qui se débat à la surface lisse d'une piscine. Le contact de son enfant. La fin du silence. Elles s'étreignent, puis Esther, dans un réflexe de survie, attrape la valise d'une main, de l'autre le bras de sa fille qu'elle tire vers la sortie. Le plus loin possible de l'avion. La valise est lourde. La main de sa fille, légère. En cet instant, Esther ne veut pas la laisser repartir. Elle serre sa main. Elle oublie tout. Elle oublie que Vanessa l'a abandonnée. La trahison aussi, elle l'oublie. Elle pardonne.

Quand elles arrivent à la maison, Reza ouvre la porte, l'air indifférent. Il embrasse Vanessa furtivement puis se détourne et rentre dans l'appartement. Comme s'il voulait qu'elle ne se sente pas chez elle. Comme si elle dérangeait. Comme s'il voulait la faire fuir.

Pendant que Vanessa redécouvre sa chambre, Esther va trouver Reza. Elle hurle à voix basse. Des chuchotements comme des crachats. Elle dit que peut-être lui n'a pas envie que leur fille revienne, mais qu'elle, si. Elle dit que c'est leur chance. Sa chance à elle du moins. Il hausse les épaules. Esther a encore des crachats plein la gorge. Puis elle entend une musique grésillante. Enfin, le silence se tait.

Le lendemain c'est le mariage de Bruno. C'est pour ça que Vanessa est revenue.

Après le petit déjeuner, Esther dispose avec délicatesse sur son lit la tenue qu'elle va porter. Vanessa, une tasse de thé à la main, passe la tête par la porte de la chambre.

— Maman, tu ne veux pas que je te maquille pour le mariage ?

— Tu sais bien que je ne me maquille jamais, répond Esther.

Un soupçon d'acidité dans sa voix accuse sa fille d'avoir oublié ce détail. Le maquillage va à l'encontre de l'élégance naturelle qu'elle veut afficher. Elle n'en a jamais mis et n'en possède pas.

— Je sais bien. Mais aujourd'hui, c'est une occasion spéciale… Fais-moi confiance.

Vanessa disparaît et revient, des pinceaux dans une main et sa trousse de toilette dans l'autre. Un sourire sur le visage.

— D'accord, dit Esther d'un ton résigné qui ne veut pas se laisser aller au bonheur, ne veut pas s'habituer à ce bonheur.

— Yey ! dit Vanessa en anglais. Viens dans le salon, il y a plus de lumière.

Esther s'assied sur une chaise face à la porte-fenêtre qui donne sur la terrasse. Le soleil blanc du matin lui frappe les yeux.

— Parfait ! Tu es bien comme ça ?

— Oui, oui, fait-elle un peu crispée.

— Détends-toi ! Tu n'es pas chez le dentiste ! On va commencer par un peu de blush…

— J'ai mauvaise mine ?

— Laisse-moi faire, soupire Vanessa.

Elle sort un pinceau court, dodu et noir de sa trousse, un boîtier doré qui contient un carré de poudre compacte.

— Ça ne va pas être trop rose ? Je ne veux pas ressembler à un clown !

— Maman…

Esther ferme les yeux.

Elle sent le pinceau effleurer ses joues. Elle sent le parfum de Vanessa, un mélange de figue et d'agrumes. Elle entend sa respiration concentrée. Puis le pinceau quitte son visage. Elle entrouvre les yeux et jette un regard oblique sur Vanessa qui pioche dans sa trousse des petites palettes noires, qu'elle ouvre l'une après l'autre pour trouver la bonne couleur. La fille se retourne vers la mère, elle tient un pinceau long et fin avec un manche en bois.

— Ferme les yeux, intime Vanessa avec douceur.

Esther s'exécute et le pinceau se met à caresser sa paupière droite.

— Ouvre, dit Vanessa.

Esther ouvre. Vanessa recule et scrute sa mère.

— OK, ferme.

Le pinceau est maintenant sur sa paupière gauche.

— OK, ouvre.

Elle regarde sa mère en souriant.

— Parfait. Regarde vers le bas.

Esther fixe ses mains sur ses genoux. La brosse du mascara courbe ses cils.

— Regarde-moi. Regarde vers le bas encore.

Vanessa pince les cils entre ses doigts.

— C'est pour enlever les paquets, pour faire plus naturel.

Vanessa recule. Esther lui lance un regard interrogateur.

— Va te voir dans la salle de bains.

Un peu déçue que ça n'ait pas duré plus longtemps, Esther se lève. Dans le miroir, une femme un peu plus jeune, un peu plus reposée la regarde. Elle a l'air presque apaisée. À côté de son visage apparaît celui de sa fille. Esther les scrute. Elle cherche les traits communs. Les ressemblances. Elle trouve que Vanessa ne ressemble à personne. Ni à elle ni à Reza. Pas non plus à ses frères ou à sa sœur, même si elle a la bouche pulpeuse de Carole et le grand front noble d'Alexandre. Elle ne ressemble à personne. À part à l'enfant qu'Esther tenait dans ses bras il y a plus de vingt ans à l'hôpital et sur qui se posait la lumière froide et bleue de la lune.

— Alors ?

Esther a envie de lui crier de rester. Que sa vie est un silence infini quand elle n'est pas là. Mais à la place elle dit : « Je ne vois pas de grande différence. » Elle a tellement pris l'habitude de la punir. Elle ne sait plus lui donner de douceur.

Elle se tourne vers Vanessa.

— Et toi ? Tu ne dois pas te préparer ?

Sa voix a le ton du reproche.

— J'y vais, maman, répond Vanessa en baissant les yeux.

C'est l'heure du départ. Esther va prévenir Vanessa. Elle entend la musique qui filtre de la porte entrouverte. Au moment d'entrer, elle s'arrête. Sa fille est à genoux devant le miroir de sa chambre. Le nez presque collé à la glace, elle se maquille. Elle fredonne une chanson qu'Esther ne connaît pas. Une nostalgie crève sa poitrine. Esther n'ose pas frapper. Elle ne veut pas déranger cette illusion délicieuse. Comme si Vanessa habitait toujours ici. Les yeux rivés sur cette vision, Esther recule doucement dans l'ombre.

— Tu es bientôt prête ? On ne va pas tarder.

Vanessa sort de sa chambre. Elle porte une robe gris métallisé. Un tissu raide qui donne au vêtement une forme géométrique. Sans manches, les épaules fines de Vanessa pointent comme deux petits seins hardis. Des ballerines d'un rose très pâle habillent ses pieds enfantins. Les pointes de ses cheveux légèrement blondies par le soleil australien caressent délicatement sa nuque. La sobriété de sa tenue semble guider le regard vers ses yeux immenses. Maquillés de bleu nuit, ils creusent ses paupières pour faire ressortir le brillant des iris. Les pommettes sont délicatement rehaussées de rose. Les lèvres à peine irisées. Esther regarde la fille. Sa fille. Sa fille ? Elle a envie de lui dire qu'elle en fait trop. Elle devrait lui dire. Mais elle sourit. Elles savent toutes les deux que c'est trop.

Dès la sortie de la voiture, Vanessa court embrasser son frère, légère dans ses ballerines roses. Esther voit toutes les têtes se tourner pour la regarder traverser la place. En se jetant au cou de son frère, elle bouscule la mariée, qui tangue dans sa robe bouffante.

Esther entend des mauvaises langues qui disent :

« Ça ne se fait pas. À la place de Catherine, je n'aimerais pas que ma future belle-sœur vienne faire la belle comme ça le jour de mon mariage. » Qui disent : « Heureusement, elle vit en Australie, on ne la voit pas tous les quatre matins. » Vanessa ne les entend pas. Elle ne voit pas non plus Édouard Messiaen dans la foule, qui pivote alors qu'elle traverse le parvis de la mairie. Esther le voit, elle, pivoter complètement pour ne pas la perdre de vue.

Édouard Messiaen est arménien. Il n'est pas vieux mais il a déjà les cheveux gris. Des yeux verts presque jaunes. Il a toujours l'air un peu moqueur. Et comme pour accentuer cet air de moquerie, il marche en traînant les pieds, légèrement incliné vers l'arrière. Ses longs bras fins s'allongent quand il marche. On dirait un grand oiseau ou un félin. Un mélange de grâce et de paresse. Et quand Vanessa passe devant lui sans le voir, son long corps souple la suit, comme aspiré dans le tourbillon qu'elle crée. Et ses yeux jaune-vert s'étrécissent pour mieux la regarder.

Alexandre rejoint Vanessa auprès de Bruno.

Il tient par la main une petite fille de sept ans qui porte une robe à smocks bleu et blanc et un serre-tête assorti. La petite fille boude. Elle n'aime pas ce qu'elle porte. Elle n'aime pas ce serre-tête qui lui serre trop la tête. Et pendant que les adultes discutent, elle le retire discrètement et le met à son épaule comme un sac à main. Elle fixe Vanessa avec des yeux bleus émerveillés. Et bien qu'ils soient d'une autre couleur, ce sont les mêmes iris, les mêmes paupières, les mêmes cils. Deux pierres émergées et luisantes sur lesquelles oscillent, rassurantes, des ombres de palmier.

L'enfant ne voit pas la robe et les ballerines et les cheveux bien coiffés. L'enfant se voit, elle. Elle ne le sait pas encore, c'est une intuition. Un espoir aussi que leurs yeux sont faits de la même roche, et bien qu'ils soient plantés dans des mers différentes, sous des tropiques opposés, ça la rassure de savoir qu'il existe quelque part ces deux cailloux vernis qui ressemblent aux siens et veillent sur elle.

Vanessa se penche pour prendre l'enfant dans ses bras. Et les quatre pierres, deux bleues et deux noires, rencontrent les yeux jaune-vert d'Édouard.

— Vanessa ?

— Édouard !

Elle l'enlace de son bras libre et l'embrasse sur la joue gauche. Comme une brûlure. Il a l'impression qu'elle s'attarde un peu. Il aime ça.

Il demande si elle est rentrée *pour de bon*. Mais il n'écoute pas la réponse. Il contemple les yeux noirs, comme laqués. Les lèvres rondes dont le bord est légèrement plus foncé. Il demande : « Tu restes un peu à Paris ? »

— Vanessa ! La photo !

C'est Esther qui appelle.

Vanessa se tourne vers Messiaen. Elle lui tend l'enfant. Tu peux la garder deux minutes ? Il prend la petite otage. Elle s'agite un peu. Vanessa la rassure, « le temps de la photo et je reviens ». Messiaen a le petit poids chaud de l'enfant contre lui. Comme une promesse de Vanessa. Il sent que tout commence là. Avec cette enfant qu'elle lui confie.

— Comment tu t'appelles ? dit Édouard à la fillette qui fixe toujours sa tante.

— Lisa.

Mais Messiaen n'entend pas. Il regarde Vanessa et autour d'elle le portrait de famille qui se forme.

Au centre, les mariés. Engoncés. Mal à l'aise. Bruno, serré dans un costume trois-pièces d'un gris triste. Avec un haut-de-forme trop grand qui lui tombe au milieu du front. Catherine, perdue dans les volants de sa robe. Ses larges épaules retiennent un châle d'un blanc un peu jaune. Un peu vieux. Un peu passé.

À côté du marié, ses parents. Esther qui sourit. Un sourire inquiet. Un sourire incrédule. Sa main droite crispée tient celle de Bruno. Sa main gauche, rigide, ramène Vanessa près d'elle. Elle regarde Alexandre qui tient Carole par les épaules. Ils sourient. Donc elle sourit. Reza garde la tête penchée. Il essaie de dissimuler le fil qui sort d'un des boutons de son costume. Il ne sourit pas. Il pense à ce fil. C'est énervant. Ça l'énerve. Il l'enroule autour du bouton. Essaie de tirer dessus pour le rompre. Il porte sa veste à sa bouche, tente de sectionner le fil avec ses dents. Esther, sans lâcher les mains de ses enfants, le pousse du coude.

La mariée, elle, n'a pas de famille. Ou presque. À côté d'elle, il n'y a que sa mère. Une grosse femme maladroite, plus grande que sa fille. Plus forte que sa fille. Dans une robe à larges fleurs avec, comme sa fille, un châle sur les épaules. Mais violet. Très violet. Cette mère-là aussi a un air inquiet. Elle aussi tient très fort la main de sa fille. Des deux mains puisqu'elle n'a personne pour lui tenir l'autre.

C'est une chaude soirée de septembre. Après la cérémonie, une réception est prévue dans un restaurant de l'Ouest parisien. Il y a un petit jardin à l'arrière. De jeunes serveuses en blanc passent dans la foule avec des plateaux de flûtes de champagne. Vanessa virevolte d'une conversation à l'autre. Édouard Messiaen suit de loin ses mouvements. D'une démarche lente et nonchalante, il s'approche d'elle, de la robe gris métallisé un peu froissée maintenant, vers les bras fins de Vanessa. Il a toujours cet air de moquerie qui n'est pas un sourire, qui n'est pas une arrogance. Plutôt une anticipation. Une impatience.

Il s'approche. Un peu vite. Un peu près. Il la bouscule ridiculement. Elle renverse une partie de son verre sur sa robe. Elle rit. Lui perd son air moqueur.

Elle secoue nerveusement ses doigts mouillés de champagne, puis elle dit qu'elle est juste venue pour la semaine. Pour le mariage. Elle repart dans deux jours. Elle le regarde à nouveau. Tout est là. Elle ne s'en rend pas compte. Tout est joué. Elle reprend son regard par en dessous. Ça revient naturellement. Elle ne l'a pas fait depuis longtemps. Mais ce n'est pas compliqué. C'est en elle. Un chemin qu'elle retrouve facilement.

Plus tard, ils quittent les autres. Ils marchent ensemble dans la rue. Tout est calme. Vide. Pas une voiture ou un scooter. Pas un ivrogne. Pas même un maître avec son chien. Il est déjà tôt. Ils n'allument pas la lumière. La porte se ferme. Et il fond sur son corps.

La mère s'est levée plusieurs fois. Les tapis persans étouffaient ses pas. Elle est allée vérifier si sa fille était rentrée. La mère n'est pas autoritaire. Elle veut savoir où est sa fille. Elle n'exige pas qu'elle rentre. Elle veut juste savoir où elle est. Mais sa fille n'est pas là. Le lit est vide. La chambre est pleine de ses affaires. La valise ouverte. Le maquillage ouvert sur le bureau. Les vêtements qu'elle portait dans l'avion sur le côté du lit. Ça énerve la mère. Elle a envie de ranger. Elle a envie de punir. Le bourdonnement monte dans ses oreilles. Elle retourne se coucher. Toujours dans le silence. Reza ne se réveille pas. Elle se relève comme ça toute la nuit.

Au petit déjeuner, ils ne parlent pas. Esther guette la sonnerie du téléphone. La sonnette de la porte d'entrée. Rien. Reza finit par dire qu'il a vu Vanessa parler avec Messiaen toute la soirée. Il dit qu'elle a dû rentrer avec lui. Esther repense au regard devant la mairie. Le long regard vert-jaune et moqueur d'Édouard Messiaen qui suit sa fille. Le bourdonnement, de plus en plus fort, dans les oreilles d'Esther.

Quelque chose qui monte. La guêpe cesse de lutter contre la noyade et coule au fond de la piscine, au fond du ventre d'Esther. Vaincue.

Esther se dit qu'elle devrait appeler les autres enfants. Que peut-être ils savent quelque chose. Et elle sait l'injustice qu'elle leur fait. Les appeler pour parler encore de la petite sœur. De celle qui n'est pas là. De celle qui s'en va. Elle sait que c'est odieux pour eux d'entendre toujours parler d'elle. Elle sait qu'elle les délaisse. Elle sait qu'ils en parlent. Ils se disent « maman est inquiète pour Vanessa ». Mais ils veulent dire : maman ne me parle que de Vanessa ; maman ne m'écoute pas. Ses enfants délaissés qu'Esther n'entend pas. Étouffés par le silence de l'absence de la petite sœur. De la petite dernière.

À ce moment, on sonne à la porte d'entrée. C'est Vanessa. Elle essaie de prendre une moue désolée. Humble. Mais elle sourit. Et Esther le voit. Et Esther sourit aussi. Parce qu'elle est là. Elle est rentrée. Et que le silence disparaît.

Vanessa prend immédiatement la main de sa mère. Elle demande : « Où est Papa ? » Et elle tire sur la main de sa mère, de sa petite main légère. Reza a un air de dégoût. Il dit qu'il n'a pas besoin de connaître les détails de sa nuit avec Édouard Messiaen. Il ne peut même pas la regarder. Esther lâche la main de sa fille et va s'asseoir dans un des gros fauteuils en velours. Vanessa reste debout au milieu du salon. Reza sur le canapé, appliqué à se curer les dents avec un bâtonnet. Esther les bras ballants, le regard fatigué. Et au milieu, le silence, comme un maître de maison impatient.

Vanessa dit qu'elle a une nouvelle à leur annoncer. Reza fait une remarque salace qu'Esther ne veut pas entendre. Vanessa non plus. Elle se tourne vers sa mère. Elle choisit les bons mots. Tous les mots qu'Esther voulait entendre. Comme « rester », « revenir à Paris », « habiter chez vous un moment ». Elle dit « pour de bon ». Le bourdonnement dans les oreilles d'Esther s'estompe. Mais elle ne peut pas répondre.

Reza dit : « Et Tim ? » Vanessa explique que c'est fini depuis des semaines. Qu'elle voulait le leur dire en face. Elle attendait le bon moment. Le bourdonnement revient. Des milliers de mouches et de guêpes et de scarabées volent autour des oreilles d'Esther. Elle a envie de punir. De frapper presque. Elle a envie de lui dire d'aller ranger sa chambre. La mère se sent exclue. Elle n'est que mère dans la vie de sa fille. Une petite partie de son existence. Alors que, pour elle, la fille est toute son existence. Elle ne dit rien pour ne pas regretter. Elle laisse le silence faire. Elle laisse Reza faire.

Et Reza dit « non ». Il répète, « non ». Et Vanessa répète : « Non ? » Il dit à Vanessa qu'il ne la laissera pas revenir. Il dit qu'elle ne fait pas d'études et qu'elle ne travaille pas. Il dit qu'ils l'entretiennent depuis assez longtemps. Qu'il ne veut pas d'une enfant ingrate chez eux. Esther entend les phrases à travers le bourdonnement. Et puis Reza dit qu'à lui personne n'a fait de cadeau. Il dit « je me suis fait tout seul ». Et il montre avec son bras le grand salon, les tapis, les tableaux, les meubles anciens et le fauteuil dans lequel Esther est assise. Il dit que Vanessa devrait s'en inspirer. Qu'il a fini de payer pour ses caprices.

La fille se tourne vers la mère. Elle laisse le père de côté. Mais Esther dit qu'elle est de l'avis du père. Elle essaie de ne pas crier pour ne pas regretter. Mais elle regrettera quand même. Vanessa ne dit rien. Reza dit « on a fait assez de sacrifices ». Esther croit qu'il dit aussi « dégage ». En tout cas, Vanessa quitte le salon. Esther l'entend dans sa chambre. Le bruit des placards qui claquent. La valise qui se ferme. Le bruit de la porte qui claque aussi. Et par en dessous, le bruit de tous les petits fils de la tapisserie d'Esther qui, les uns après les autres, se cassent. Tic. Tic. Tic. Et puis, enfin, c'est le silence.

Aujourd'hui, des années plus tard, Vanessa lui échappe encore. Et comment Esther pourrait-elle lui en vouloir, elle qui l'avait chassée ? Qui avait si clairement affiché qu'en cette maison sa petite dernière n'était plus chez elle. Esther n'avait pas crié ce matin-là, elle ne crie pas maintenant non plus. Elle voudrait dire : « Viens, s'il te plaît, c'est important. Ça fait des années que nous n'avons pas été tous ensemble. » Mais une fois encore, elle ne dit rien. Tout ce qu'elle a à dire se transformerait en cri. C'est si incontrôlable, le chagrin d'une mère.

5

Il y a sur la terrasse Reza et le parasol. Le parasol pesant, sous le soleil pesant, et les gestes alourdis de Reza. Le soleil lourd sur son crâne et le parasol comme une lance trop lourde sur son épaule gauche, qui l'entraîne un peu vers l'arrière. Contre laquelle il lutte. Il se penche vers l'avant, arrime le parasol dans le pied en métal. Le pied encore plus lourd que le parasol. Il y met tout son poids. Il est penché contre le parasol, il le maintient avec son épaule de vieil homme. Sa peau qui se plisse et se froisse semble prête à se déchirer. Ça tient. Il recule. La toile fait une grande ombre grise sur la terrasse. L'ombre est ronde ou anguleuse selon les objets et les recoins qu'elle rencontre. L'ombre n'est pas sur la table. Elle la touche à peine. Deux chaises peut-être. Trois si on se serre.

Reza reprend le parasol en main. Se penche vers le pied. Son épaule de vieil homme et ses mains de vieil homme et la peau sur le point de se déchirer. Et ses mains qui tremblent. Depuis le salon, Esther voit ses mains qui tremblent, qui blanchissent aux articulations. Elle s'approche mais ne monte pas sur la terrasse. Elle reste dans l'ombre noire du salon. Elle ne portera pas le poids du soleil, le poids du parasol avec lui. Elle veut se décharger d'un autre poids ; elle lui annonce que Vanessa ne viendra pas.

Reza relève vers elle un visage rouge. Il transpire. Des gouttes coulent sur ses sourcils, de ses sourcils dans ses yeux, sur ses joues, comme des larmes. Il essuie ses mains sur son pantalon. Il répond : « Est-ce qu'on aurait pu choisir un parasol plus lourd, par hasard ? » Esther ajoute : « Elle a croisé une amie du lycée, elle va déjeuner avec elle. » Reza est à nouveau penché sur le pied du parasol. Il souffle. Esther soupire elle aussi. Évidemment il s'en moque. Il dit une phrase comme « du coup les chaises là-bas peuvent rester au soleil ». Esther jette un coup d'œil aux chaises du bout de la table. Blanches et aveuglantes dans le soleil. Vides. Puis elle regarde à nouveau Reza.

— Tu ne devrais pas faire ça maintenant, en plein soleil, les enfants vont arriver dans dix minutes, ils le feront pour toi.

— Mais non, je peux très bien le faire.

La chaleur lui donne le tournis. Elle marche jusqu'à la cuisine où il fait plus frais. L'immaculé du carrelage et de la table l'apaise. Dans un souffle, elle se pose sur un escabeau de plastique bleu. Elle se dit, je suis une vieille femme. Elle se voit dans sa cuisine blanche – autour d'elle les saladiers remplis, les monticules rouge et jaune et vert des légumes –, assise, le dos contre le mur en carreaux. Et l'attente. La solitude et l'attente. Et ce mal de tête qui n'en finit pas et qui bat, qui bat, qui bat dans son crâne. Incessamment. Elle appuie ses mains sur le carrelage frais et les pose sur ses joues.

Elle pense, peut-être qu'elle nous rejoindra pour le café… et puis sinon on pourra toujours refaire un déjeuner, ou un dîner. Le battement de ses tempes s'est un peu atténué. Une fine transpiration perle à son front. Elle secoue la tête pour écarter les cheveux de son visage, prend une grande inspiration avant de se lever. Quand le téléphone sonne. Encore. Peut-être est-ce Vanessa qui appelle pour s'excuser. Elle s'est rendu compte. Elle va venir. La table sera au complet. Il y aura tout le monde. Elle décroche.

— Allô ?

— Maman ? C'est moi.

— Alexandre ?

— Écoute, maman, on ne va pas pouvoir venir déjeuner…

Elle aurait dû laisser Reza répondre. Alexandre a du mal à dire non à son père. « Vous ne viendrez pas déjeuner ? » Elle répète la phrase et demande pourquoi. Elle demande pourquoi en sachant qu'il n'y aura pas de réponse. Pas de vraie réponse. Il y en aura une qui sera celle qu'il faut. Parce qu'il en faut bien une. Une raison plus qu'une réponse. Quelque chose à quoi s'accrocher. Quelque chose comme une justification. C'est pour ça qu'elle aurait préféré que

Reza réponde. Alexandre ne peut pas mentir à son père. Avec Reza au bout du fil, Alexandre aurait réarrangé son mensonge. Face à son père, il n'aurait pas annulé, il serait peut-être juste arrivé en retard.

Alexandre sait que sa mère ne le croira pas. Que personne au fond ne croira cette raison. Mais que personne ne pourra la contredire. Ça lui suffit. Il sait aussi que, quoi qu'il dise, il y aura une interprétation. Même s'il disait la vérité, on ne le croirait pas. On ne le croit plus. Ce n'est pas parce qu'il ment. C'est parce qu'il dissimule. Il cache. Et on ne sait pas ce qu'il cache. On sait juste que souvent il ne vient pas. Chaque membre de la famille croit savoir pourquoi. Chacun a son idée. Esther croit qu'elle sait pourquoi. Elle se dit que c'est à cause de Bruno. Quand Alexandre dit « on ne va pas pouvoir venir déjeuner », elle a envie de demander si c'est à cause de Bruno, elle l'a déjà fait par le passé. Elle aurait préféré ça. Ça aurait été plus logique. Plus facile à comprendre, à combattre. Mais là, contre le mensonge, contre la fausse excuse, elle ne peut pas lutter.

Alexandre prononce des mots qui forment une réponse. Des mots vagues. Il parle de ses filles. Il dit qu'elles sont en retard, qu'il vaut mieux reporter. Esther n'écoute pas. Elle attend que ça se termine. Qu'elle puisse, comme toujours, insister un peu sans non plus y croire. Sans avoir la force d'exiger qu'il vienne. Exiger. Comment pourrait-elle exiger ? Comment pourrait-elle le forcer à venir ? Elle n'a plus le contrôle. Plus de raison à opposer à ses raisons. Il n'a pas compris ou ne veut pas comprendre, le résultat est le même. Il ne va pas venir ce midi. Et peut-être qu'il ne viendra plus jamais. Et cette pensée la terrifie, mais elle reste là. Comme la douleur dans sa tête depuis ce matin. Comme les petits nœuds de sa tapisserie qui s'effilochent et se dénouent.

Quand Alexandre en a fini de donner sa raison, elle ne peut pas répondre. Un vertige la saisit. Une pression à l'arrière du crâne. Elle prend une dernière impulsion, une petite inspiration. Elle y met toute sa force. Elle repousse la douleur dans sa tête. Elle ferme les yeux pour rester concentrée, elle dit «je joue de malchance». Elle parvient même à rire un peu. Elle a dit «je joue de malchance» pour qu'il pose une question. Pour qu'il se rende compte. Pour que peut-être il change d'avis. Elle l'a dit sans y croire. Mais pour savoir qu'elle aura essayé. Elle sait qu'il n'y aura pas de pitié. Alexandre est sans pitié. Alexandre protège ceux qu'il aime au détriment de ceux qui l'aiment. Il a choisi Pénélope et ses filles. Comment pourrait-elle lui en vouloir ?

Derrière elle, il y a la table et la nappe blanche et les petits bouquets qui meurent de soif et les chaises vides qui attendent. Certaines resteront vides. Vides et blanches et aveuglantes et alourdies par le soleil. Séparées des autres par l'ombre du parasol.

Elle avait abandonné Alexandre parce qu'elle devait s'occuper de Bruno. Et Reza le lui avait volé.

Alexandre, c'était son fils. Il ne disait jamais «m… enfants». Il disait toujours «mon fils». C'était rare qu'il parle de Carole, sa naissance ne lui avait rien fait. Mais Alexandre, c'était le premier fils. Il y aurait un autre fils, un autre garçon, mais ça ne serait pas pareil. Reza ne le traitera pas pareil. Esther devra s'en occuper plus. Elle s'occupera de Carole et de Bruno. Elle laissera Alexandre à son père. Elle le laissera se défendre face à son père. Elle lui faisait confiance pour le faire. Trop confiance. Ça n'était qu'un enfant, et Esther n'a pas pu le défendre.

Au début, Reza s'en occupait beaucoup, comme un vrai père. Le soir, il s'asseyait avec lui sur le tapis du salon. Le seul qu'ils avaient à l'époque. Elle se disait, c'est bien pour un fils de passer du temps avec son père. Reza le faisait compter, pendant que l'enfant suivait avec son doigt les arabesques du tapis. Ce tapis, c'est toute son enfance. Dans l'appartement étriqué, c'était la seule chose belle et douce. À son contact, l'enfant s'évadait. Assis en tailleur sur la laine, Alexandre suivait les entrelacements des fils, sentait sous ses doigts la laine rêche et dense qui rencontrait parfois, comme une surprise, un détail brodé en fil de soie. La soie brillait plus, à l'œil c'était facile de la reconnaître et de vouloir s'y plonger immédiatement. Il aurait pu nier tout le reste et se perdre tout de suite dans ces ornements fastueux. Mais Alexandre aimait y arriver par hasard. Il aimait le voyage difficile sur la laine dure, sentir les textures changer selon les teintes.

Les fils bleu foncé toujours plus rugueux que les autres. Il suivait le dessin d'un cerf, la courbe de son dos, son museau, et soudain, alors que ses doigts d'enfant s'approchaient de ses bois, il reconnaissait la douceur presque impalpable de la soie qui les dessinait, les faisait rayonner. Il se perdait dans les scènes de chasse, s'imaginait vêtu lui aussi des plus beaux brocarts, chevauchant un cheval immense, un *shamshir* rutilant à la main.

Mais la voix de son père le ramenait à la réalité de façon brusque, comme une gifle.

— Et après huit ?

— …

— Et après huit, Alexandre ?

— …

— Alexandre, regarde-moi, après huit ? Laisse ce tapis. Après huit ?

— Nuf ?

— Neuf, oui. Après neuf ?

Tous les soirs il le faisait compter jusqu'à dix, vingt, cinquante. Alexandre répétait les chiffres mécaniquement. Ils habitaient toujours dans l'appartement où on ne voyait rien. Pendant que Reza apprenait à son fils à compter, la petite Carole, assise à la table en formica de la cuisine, faisait ses devoirs à côté de sa mère qui préparait le repas. La petite demandait : « Je peux aller jouer avec eux ? » Et Esther répondait : « Ils ne jouent pas, Carole, ils étudient. Finis tes devoirs. »

Plus tard, quand ils avaient eu le grand appartement, ils recevaient. Reza montrait son fils. Il le faisait compter devant les convives. Le cheval qui frappe le sol de ses sabots. Il le montrait. Il fallait qu'on le voie. C'était son premier fils. Ça lui évitait de parler de Bruno, le petit frère malingre. Le frère malade. Le chétif. Le frêle comme une fille. Les invités ne devaient voir que le savant. Le premier. Celui qui compte, celui qui lit. Celui qui parle anglais plus tôt et mieux que les adultes. Celui qui est beau. Celui qui sera médecin comme son père. Désormais, il n'y a plus d'autres enfants pour Reza. Alexandre lui prend tout. Sans le vouloir. Sans en vouloir. Il n'en veut pas, lui, de l'amour d'un père qui ne peut aimer que lui. Depuis Alexandre, Reza ne peut plus aimer personne.

Dans l'appartement noir où les rares lampes creusent des poches de lumière jaune, l'enfant est au milieu des adultes et les adultes le regardent, lui lancent des chiffres. Il faut multiplier, ajouter, soustraire. Il faut diviser. L'enfant est calme. D'apparence calme. Mais tapie dans son ventre, il y a comme une bête. Un monstre qui mange l'intérieur de son ventre. Une angoisse qui le force à accélérer, qui lui donne envie de s'enfuir. De retrouver les fils doux et les fils rêches du tapis, de retrouver son cheval et son sabre et son habit de brocart et de partir, loin. Loin des adultes qui le regardent. Mais ses pieds d'enfant sont immobiles sur le tapis au centre de la pièce. L'enfant n'a pas le droit de suivre avec son doigt, de chercher les détails. Il doit résoudre les opérations qu'on lui donne. Et les adultes sourient. Son père aussi qui se tient un peu plus loin, comme dans le public. Comme dans un théâtre. Un peu plus loin dans le noir. Pour que les gens ne les soupçonnent pas de tricher. Quand son père se rapproche, Alexandre sait que c'est fini. Son père n'applaudit pas. Il le prend par l'épaule. Il le secoue un peu, gentiment. Dans le ventre d'Alexandre, le monstre se calme. Lâche l'enfant. L'enfant a envie de courir aux toilettes mais il ne peut pas car le père parle. Toujours après les chiffres, le père parle. Il secoue son fils par l'épaule gentiment et il dit : « Il en a de la chance d'avoir un père comme moi. » Il regarde les invités en levant ses sourcils : « Hein ?... Quand j'avais son âge, mon père nous battait à coups de pied de chaise, et c'est comme ça que j'ai appris à compter. Pour repérer quand il se fatiguerait et combien de coups j'allais encore prendre. »

Il partait d'un grand rire. Un rire qui accusait tout le monde d'avoir pris part à son supplice. Un grand rire vengeur qui les défiait tous. Un rire qui leur disait : « Vous voyez, je m'en suis sorti. Vous n'y auriez pas cru mais me voilà devant vous. » Puis il levait son verre. Et les autres adultes levaient leur verre. Alexandre pouvait courir aux toilettes et libérer ce que le monstre avait accepté de relâcher.

Pour Reza, évidemment, c'était de l'amour. Il était son père. C'était son fils. Il passait du temps avec lui. C'était forcément de l'amour. Quoi d'autre sinon ? Il s'occupait de lui, donc il l'aimait. Reza ne connaissait qu'un père. Son père qui ne lui avait pas appris à compter. Son père qui était médecin mais qui pensait que son fils deviendrait pêcheur. Son père qui n'avait de temps que pour l'alcool. Pour ses patients encore un peu. Pour les patients. Et l'alcool. Et les coups. Ça oui. Il faut le dire. Esther le sait. Il y a eu des coups. Il faut dire la misère dans laquelle Reza a vécu. La misère de ses parents, et la misère pire encore, plus tard à Téhéran, qui les a fait fuir. D'abord ses frères. Et puis lui. Ils ont laissé leur mère et leur mère a pris tous les coups. Les coups qu'elle prenait déjà, et les coups pour les autres fils. Reza sait que ce n'est pas ça, un père. Alors s'occuper d'un fils, lui apprendre à compter, ça doit certainement être ça.

Alexandre n'a pas reçu de coups. D'accord. Pas comme ceux de Reza. Reza aimait le rappeler. Il n'y avait pas eu de coups. À peine de l'intimidation. Mais pas de coups, ça ne veut pas dire pas de cicatrices. Esther n'avait pas pu le protéger. Elle n'y avait pas pensé. Elle l'avait laissé au premier plan, sur la ligne de front. L'enfant de la ligne de front.

Si elle avait pensé à le protéger, si elle avait vu le danger, si elle avait cherché à comprendre les gestes de son fils qui traçait sur le tapis ce qu'aucun enfant ne peut dire, elle aurait pu lui expliquer qu'il n'était pas un mauvais fils. Qu'il n'avait pas besoin d'en faire plus. Elle aurait pu le rassurer, lui dire qu'il en avait fait assez et qu'il pouvait s'enfuir. Pas maintenant évidemment. Mais qu'il pourrait, un jour. Elle le voyait souffrir à s'en tordre le ventre pour faire plaisir à son père, pour faire plaisir aux adultes. Elle voyait ses doigts d'enfant qui passaient moins de temps sur le tapis et plus de temps crispés, agrippés à sa chemise, contre son ventre, comme pour y retenir quelque chose de terrible. Et pourtant Esther l'avait laissé là, seul, sans le prévenir. Accord silencieux entre la mère et le fils. Elle s'était reposée sur lui pour ne plus être seule face à Reza. Elle l'avait sacrifié à Reza qui en avait fait son singe savant. Il faisait des calculs comme d'autres font des bêtises. Pour que son père ne l'oublie pas. Pour que son père l'aime. Et pour que son père puisse parader devant d'autres adultes.

Et petit à petit, l'enfant a lui aussi voulu plaire aux adultes. À tous les adultes. Pas juste à son père. L'enfant ne veut pas contrarier. L'enfant de la ligne de front qui prend pour les autres. Qui veut faire plaisir aux autres. Avant tout. Avant lui. Qui s'est oublié parce que tout le monde l'a oublié. Et oui, Esther le sait. Même elle, la mère, a oublié son premier fils. Elle l'a oublié parce qu'elle a cru qu'il était assez fort. Parce qu'elle s'est dit qu'il y arrivait. Elle pensait qu'ils se retrouveraient plus tard, quand Reza aurait fini. Quand Reza se serait lassé. Mais après Reza, il y a eu Pénélope. Pénélope à qui il s'est sacrifié. De lui-même. De son plein gré. À qui il s'est donné tout entier, Pénélope qui a remplacé Reza. De son père à sa femme. Sans passer par sa mère. Sans renouer avec sa mère. Sans que sa mère puisse, dans sa grande tapisserie, serrer suffisamment les fils. Et éviter que Pénélope puisse les défaire les années suivantes. Les uns après les autres. Les dénouer plus vite qu'Esther ne les nouait.

6

Esther se souvient du jour où elle l'a perdu définitivement. Où elle a perdu la partie contre Reza, où elle a perdu son fils, où elle a commencé à perdre espoir. La famille a emménagé dans un nouvel appartement. Il y a plus d'argent à ce moment-là. Il y en aura encore plus, plus tard. Chaque enfant a sa chambre. Et il y a un piano, poussé dans un coin, abandonné par les anciens locataires, trop compliqué à déménager. Alexandre pose ses doigts dessus. Le son est métallique, chevrotant. Il y a une partition, quelques feuillets agrafés, oubliés sur le couvercle ; une polonaise de Chopin. Il s'y met. Il apprend. Sur les touches noires et blanches, ses doigts se promènent comme ils se promenaient sur le tapis de son enfance.

Au début, les notes s'emmêlent, se chevauchent maladroitement. Puis, petit à petit, les sons deviennent clairs et brillants. Il joue pendant des heures. Répète cent fois la même phrase. Les mêmes notes. Quand il joue, Carole s'assied en tailleur contre le pied lourd et noir du piano, et fait ses devoirs. Esther écoute. Elle entend la polonaise prendre forme. Les notes se lient les unes aux autres avec plus de délicatesse. Des nuances apparaissent. Des inflexions naissent. Parfois des fautes. Alors il s'arrête et reprend depuis le début de la phrase.

Ça fait des semaines qu'il travaille, quand le père n'est pas là. Il veut que ça soit une surprise. Il n'a jamais parlé de musique avec Reza. Il veut le surprendre. Quand, le soir, Reza rentre, qu'ils entendent les clefs glisser dans la serrure, les doigts d'Alexandre s'arrêtent où ils sont. Carole se lève, livres et cahiers sous le bras. Elle court vers sa chambre. Même Esther se surprend à sursauter. Si elle est assise en train de coudre, elle se lève et se hâte vers la cuisine. Si elle est dans son bain, elle sort, se sèche avec vivacité et se rhabille. Il y a le sentiment qu'ils font tous quelque chose d'interdit. Quelque chose qui leur plaît à eux, mais qui ne plaira pas au père.

Pourtant, Alexandre continue de répéter. Et un soir, il ne s'arrêtera pas. Quand Reza va rentrer, il va jouer. Comme tous les soirs, il y a le bruit des clefs dans la serrure. Alexandre fait une pause à ce moment-là. Donne l'illusion que ce soir est un soir comme un autre. Carole est partie dans sa chambre. Elle a tiré la porte. Esther est dans la cuisine. Elle ne bouge pas. Elle attend. Puis elle entend les notes qui s'élèvent de nouveau dans le salon. Les premières mesures de cette polonaise qu'elle connaît maintenant si bien. Les accords sombres du début. Les notes menaçantes, noires, orageuses. Et celles plus aiguës comme un rayon de soleil qui essaie de percer.

Reza est derrière son fils. Il le regarde jouer. Alexandre distingue son reflet tordu dans la laque noire du piano, juste au-dessus de ses doigts qui courent sur les touches noires et blanches comme ils glissaient sur les volutes vertes et roses du tapis de son enfance. L'ombre de Reza s'étire jusqu'à toucher le coin du tabouret où Alexandre est assis, et c'est presque comme si le père était à côté de lui. Et le père est silencieux. Et ça enhardit Alexandre de l'avoir fait taire, de l'avoir fait l'écouter. Ses doigts pressent les touches. Doucement. Puis fort.

Reza le laisse terminer. Il reste debout. Alexandre se retourne. L'écho des dernières notes est encore en suspens. En voyant son père, il sent le monstre de son enfance dans son ventre. Ça le serre. Ça grogne. Et le monstre est aussi dans le ventre de Carole, immobile dans sa chambre. Dans le ventre d'Esther qui se demande si elle doit sortir de la cuisine. Si elle doit féliciter son fils devant le père. Pour que le père le félicite aussi. Mais ses jambes ne bougent pas. Ses mains ne bougent pas.

Reza dit : « Je ne veux plus que tu joues. » Alexandre est pétrifié. Reza commence doucement. Comme la polonaise. Il dit les choses avec calme. Il dit qu'Alexandre doit se consacrer à des choses plus profondes. Qu'il ne doit pas perdre son temps. La musique est une perte de temps. La musique ! Jouer de la musique ! Les mots de Reza s'emballent. Ils se chevauchent comme les doigts d'Alexandre sur le piano. Il regarde son fils qui reste silencieux. Il dit : « Je ne veux plus t'entendre jouer. La musique, c'est pour les pédés. » Il lui demande : « T'es pédé ? T'as voulu me le dire en chanson ? » Le père s'énerve. Il sent ses doigts au bout de ses mains. Il veut frapper. Il veut tuer un peu aussi. Tuer le fils qui joue du piano. Retrouver le fils qui récite des chiffres. Il repense à son propre père. Et il ne frappe pas. Pas de coups. Il n'y aura pas de coups. Mais il a besoin de casser. De toucher et de briser. Il se jette sur Alexandre qui se protège. L'enfant de la ligne de front. Il se jette sur lui, à travers lui et saisit les partitions. Avec les mains de son père, il les déchire. Des mains fortes, des mains d'homme. Il déchire les partitions. Il les jette aux pieds d'Alexandre. Quitte la pièce. La porte d'entrée claque.

Personne ne bouge jusqu'à la nuit. Quand l'appartement est totalement plongé dans le noir, Esther s'approche du piano. Alexandre est toujours assis sur le tabouret. Les morceaux de partition à ses pieds. Esther se penche, les ramasse. Elle les pose sur le dessus du piano. Elle ne sait pas quoi dire. Elle aimerait dire que c'était bien. Qu'il joue très bien. Que son père ne peut pas comprendre. Elle voudrait lui expliquer que c'est une autre culture. Qu'il a vécu des choses différentes. Que la musique ne veut rien dire pour lui. Mais elle dit : « Va te coucher, Alexandre. » Elle parvient à peine à lui mettre la main sur l'épaule.

Au bout du téléphone, des années plus tard, Esther attend qu'Alexandre change d'avis. Elle attend en vain. Alexandre ne change pas d'avis. À l'arrière de sa tête, Esther sent comme quelque chose qui pousse contre son crâne. En haut de la nuque à gauche. Comme si elle s'était allongée trop longtemps sur une pierre plate.

Alexandre demande : « Pourquoi tu joues de malchance ? » Il n'y a pas de pitié dans sa voix. Il veut juste savoir. Il s'informe. Il y a un silence. Un court silence.

À la base de son crâne, Esther sent la pierre insister pour s'enfoncer plus profondément. Elle passe le téléphone dans sa main gauche. Elle penche légèrement la tête pour se masser la nuque avec la main droite. « Vanessa vient d'annuler aussi. » Ses yeux coulent vers le grand rectangle blanc qui s'ouvre sur la terrasse, là où il y a les chaises vides et l'ombre du parasol qui se retire comme une vague, qui abrite de moins en moins de chaises, et a de moins en moins besoin d'abriter la grande table. Elle ajoute : « Elle viendra peut-être pour le goûter. » Une porte de sortie, une ouverture, une possibilité ; où se jeter, où se faufiler, par où sortir, par où le laisser entrer. Il y a peut-être un soupir au bout du fil, elle n'est pas sûre. Et Alexandre qui dit « on essaiera de passer ». Et qui raccroche vite. Ne pas faire de promesse, ne pas trop planifier, ne pas donner d'horaire. Rester vague. Protéger Pénélope et ses filles.

Esther raccroche doucement. Elle inspire avec lenteur pour calmer la douleur dans son crâne. Elle va sur la terrasse. L'ombre du parasol a reculé. Au bout de la terrasse, trois chaises ondulent dans la chaleur. L'ombre du parasol tranche la table d'une ligne stricte. Il y a ceux qui viendront et ceux qui ne viendront plus.

Torse nu, suant à grosses gouttes, plié en deux au-dessus des jardinières, Reza recueille une à une dans sa paume entrouverte les petites fleurs sèches qui ont brûlé au soleil. Elle hausse les épaules.

— Alexandre ne vient pas non plus.

— Qu'est-ce qu'il a inventé cette fois ? lâche Reza sans se retourner.

Esther ne répond pas. Reza a le poing fermé sur les fleurs mortes. Esther quitte la terrasse brûlante. Elle l'entend dire encore quelque chose. Elle ne veut pas savoir. Elle retourne dans le noir aveuglant de l'appartement.

Dans le four les quatre poulets, au chaud, chacun dans leur sac ; dans la poêle à feu très doux, les pommes de terre émettent un sifflement humide ; les tomates pelées luisent comme de la chair sanglante dans le saladier. Elle pense, quel gâchis. Puis elle se reprend, je devrais préparer quelque chose pour le goûter.

Elle se remet aux fourneaux. Lui vient l'idée de faire une crème au chocolat. Pour quand Alexandre arrivera avec ses filles. Vanessa sera sûrement là aussi. Il y a une excitation. Une angoisse. Elle casse les tablettes de chocolat dans la casserole. Quelque chose lui dit d'accélérer. Il faut que tout soit prêt. Pour quand tout le monde sera là. Le soleil aura tourné et toute la table sera à l'ombre.

La crème au chocolat frémit doucement dans la casserole. La cuisine est pleine d'odeur de sucre et de vanille. Reza entre.

— Tu fais encore à manger ?

— De la crème au chocolat pour les filles d'Alexandre s'ils viennent pour le goûter.

Il hausse les épaules. Secoue la tête.

— Tu me donnerais une aspirine ? J'ai un mal de tête qui ne veut pas me lâcher.

Il est déjà parti. Elle retourne à son dessert

Alexandre n'a jamais expliqué. Un jour, il leur a présenté Pénélope. Il l'a fait parce que ça se fait. C'était le dernier geste. Un des derniers gestes à faire pour satisfaire le père. Il avait trouvé Pénélope. Il fallait qu'il la montre, puis il l'avait immédiatement cachée. Pas besoin qu'elle connaisse les parents. Encore moins besoin qu'ils s'apprécient. Il a montré Pénélope, et puis il l'a retirée. Est-ce une faute ? Aurait-il fallu que Pénélope le rejoigne sur la ligne de front ? Il ne voulait pas.

Il n'avait pas le choix. C'était lui sur la ligne de front, et pour toujours, c'était son rôle de protéger les autres. De se mettre devant, d'attirer la lumière. Parce que l'ombre protège de l'astre puissant qu'est le père. Un astre qui brûle, abîme, réduit. Une lumière qui poursuit, implacable au milieu du désert. Et Alexandre, dressé, droit, monumental, plus grand que le père sous la lumière aveuglante. Les jambes écartées et les bras aussi, comme un épouvantail magnifique. Les yeux qui se plissent parfois sous la lumière du père. Dans la lumière inquisitrice, son corps fait une grande croix noire sur le sol. Une grande ombre en forme de croix que la brûlure du père ne peut pas atteindre. C'est là que se cachaient avant le petit frère et la grande sœur. Ils voulaient en sortir parfois. Ils mettaient un pied en dehors de la grande ombre et se faisaient brûler. Puis retournaient se cacher dans la fraîcheur de l'ombre noire. Mais ils en voulaient au grand frère d'avoir une ombre si grande. Eux aussi voulaient avoir leur ombre. Et regarder l'astre, même en plissant les yeux.

Le frère et les sœurs ont fini par sortir de la grande ombre. Ils ont marché sous la brûlure du père. Sous les mots brûlants du père et les regards brûlants aussi, qui leur ont fait dans le dos et sur le visage de larges traces rouges que personne ne peut voir. Qu'ils ne révèlent à personne. Pas même au grand frère. À cause de la fierté. Ils préfèrent être brûlés, préfèrent les grandes traces rouges et fines et boursouflées à l'ombre fraîche de l'enfant de la ligne de front. Ils ont créé leur propre ombre, pour protéger les autres. Leurs propres enfants surtout.

Alexandre a donné toute son ombre à Pénélope. Derrière lui, dans la grande ombre en forme de croix, Pénélope a pris la place de la mère et du frère et des sœurs. Avant, c'étaient ses sœurs, son frère. Même son petit frère qui ne le sait pas. Son petit frère qui lui en veut d'avoir été cet enfant prodige. De ne pas avoir partagé le soleil avec lui. Et Alexandre le sait, et l'admet. Car le petit frère n'était pas assez fort. Car si Alexandre ne l'avait pas protégé pendant si longtemps, où serait-il maintenant ?

Et puis ils sont partis. Ils l'ont abandonné. C'était plus facile de rester droit et immobile sous les rayons brûlants des yeux du père quand ils étaient tous là. Quand il savait ce qu'il protégeait. C'était son rôle. C'était clair. Mais quand le petit frère s'est mis à lui en vouloir, quand la grande sœur a voulu faire sa propre ombre et a emmené la petite sœur avec elle, il s'est retrouvé seul. Seul avec sa grande ombre vide derrière lui. Avec les mots du père qui lui lacéraient le visage et lui faisaient des entailles rouges sur tout le corps. Sans personne à protéger, juste encaisser.

Il aurait pu mourir alors. Véritablement mourir. Mourir sans jouer du piano une dernière fois. À quoi bon sa vie si elle ne protégeait pas les autres ? S'ils ne comprenaient pas qu'il les protégeait ? Quel échec, se disait-il. Épouvantail formidable et triste, sentant derrière lui le vent frais de sa grande ombre dans laquelle personne ne voulait plus se réfugier. Et le vide derrière lui était comme son cœur. Froid et noir et creux. Il se sentait vaciller sous les mots du père. Tous coupaient plus profondément. Et ses yeux aveuglés se fermaient. Fatigué, il avait déposé les armes sur ce champ de bataille aride. Il avait passé sa jeunesse à lutter seul pour tous les autres. Et découvrait, impuissant, la solitude extrême de n'avoir plus personne à protéger.

Alexandre est resté seul jusqu'à l'arrivée de Pénélope. Il n'était plus grand-chose. Il se moquait bien des brûlures, de son piano et des fils de soie. Il avait oublié comment se défendre. Peut-être ne l'avait-il jamais su. Mais Pénélope est arrivée, et a pris refuge dans son ombre. Alors il l'a cachée pour la protéger du père. De la famille tout entière. Qu'elle ne se fasse pas brûler par le père ou emprisonner par la mère. Comme le piano qu'il aurait dû cacher. Pour qu'on ne la retrouve pas déchiquetée comme les partitions. Car une fois que le père eut déchiré les partitions, ce fut fini, il n'a plus joué. Il n'a plus touché le piano. Les partitions déchirées sont restées longtemps sur le dessus de l'instrument. Là où Esther les avait déposées. Il n'y a plus touché. Il n'y touchera plus. C'était ce que le père voulait. Il a laissé les partitions, mais il a caché le piano dans son ombre. Il l'a protégé des regards brûlants du père, des mots du père. Et il a caché Pénélope. Pour elle, il voulait toujours être l'épouvantail monumental, immobile, efficace, présent. Sa seule façon de préserver ce qu'il aime.

Mais Pénélope a insisté. Elle a récupéré les

partitions sur le piano. Elle les a recollées. Et le piano est là aussi dans sa grande ombre. Alors, Alexandre laisse le fils de la ligne de front dans la grande ombre de l'épouvantail, et il s'échappe dans la lumière. Il s'échappe pour jouer de la musique. Il s'échappe dans les bras de Pénélope. Et plus tard dans les yeux de ses filles. Il s'échappe derrière l'épouvantail formidable. Il échappe aux brûlures du père.

Esther a mis trop longtemps à demander pardon, pardon de l'avoir sacrifié, pardon pour les brûlures et les cicatrices, et le ressentiment du frère et des sœurs, pardon d'avoir abandonné l'enfant prodige sur la ligne de combat. Maintenant c'est trop tard, elle pense que c'est trop tard, elle s'en convainc. Elle ne lui dira jamais. Oublié parce qu'il est fort. Sacrifié pour rendre les autres heureux. Ses partitions en miettes devant lui. Sa grande ombre pour Pénélope et leurs filles. Sa grande ombre où il joue encore, en cachette, des polonaises de Chopin.

À cet endroit de la tapisserie, les nœuds d'Esther sont distendus. Un peu lâches. Ils tiennent sans qu'on sache comment. Ils sont là. Ils complètent le dessin. Ils font leur devoir, encore un peu. Pour que tous les autres résistent.

7

La chaleur dans la cuisine est intenable. Il fait moite. La vapeur parfumée de la crème au chocolat donne à Esther la nausée. Son chemisier blanc est transparent de sueur. Elle devra se changer. Elle quitte la cuisine pour trouver de l'air frais et s'arrête dans le couloir qui mène au salon. Le seul endroit sans fenêtre. Sans lumière. Elle s'adosse au mur où est suspendu un tapis. Elle repose sa tête dessus. La douleur est là. Battante. Rythmée. Insistante. Elle frappe contre son crâne.

— Esther !

Elle attend que Reza la trouve. Elle n'a pas la force de dire « je suis ici ». Il allume. Elle plisse les yeux à cause de la lumière. Il dit qu'il a fixé le parasol, mais que toutes les chaises ne sont pas à l'ombre. Il dit qu'il y aura des gens au soleil si personne d'autre n'annule. Il demande qui vient finalement. Esther ne répond pas. Il dit : « Tu as toujours mal à la tête ? Tu as pris une aspirine ? » Elle n'a pas la force de dire non. Elle secoue la tête pour dire non. Et c'est comme si son crâne vibrait entre des cymbales.

Reza lui prend la main et la guide jusque dans la salle à manger. Il l'assied sur une chaise. « Ne bouge pas. » Elle s'accoude sur la table et laisse tomber sa tête entre ses mains. Reza revient avec un verre d'eau et un cachet. Elle prend une gorgée, puis le cachet, puis une gorgée encore. Il dit : « Ça va aller. C'est la chaleur. » Elle veut le croire. Elle se concentre sur la chaleur. Lutter contre cette chaleur. Reza reprend : « Ils viendront. » Elle lève les yeux vers lui. Elle est contente qu'il ait dit ça. Ça veut dire qu'il comprend. Ça veut dire qu'il le ressent aussi. Puis elle le hait d'avoir dit ça. De vouloir la rassurer comme une enfant aveugle. C'est comme s'il disait « ce n'est pas grave s'ils ne viennent pas ». Non, il ne comprend pas.

Reza continue : « On pourrait inviter les Baldassari si tu veux. » Dans la lumière noire et aveuglante de la salle à manger, elle fixe son visage. Les Baldassari. Les voisins du dessous. Elle a envie de se lever. De faire une tirade. De crier qu'il n'a rien compris. Que ce n'est pas une question d'occuper les chaises vides. Ce n'est pas une question de parasol. Ce n'est pas une question de chaleur. Elle veut hurler et frapper. Rappeler Vanessa et lui ordonner de venir. Et demander à Reza d'aller chercher Alexandre. D'aller sonner chez lui et de le ramener ici. Elle veut lui dire tout ça. Mais non. À la place elle dit : « Ça ira. »

Elle ne dit jamais rien. Elle a cessé de s'en vouloir. Elle a cessé de crier, pour ne pas regretter. Ils doivent deviner. Elle ne fait plus rien d'autre que d'attendre que les autres la comprennent. Et de leur en vouloir parce qu'ils ne la comprennent pas.

Reza dit: «Je vais prendre un bain. Je vais me changer.» Il pose vaguement la main sur son épaule. Il dit: «Ça va aller mieux avec le cachet. Ça va passer.»

C'est à Besançon. Esther est jeune. Elle a les mêmes cheveux blonds que maintenant, mais ce n'est pas une teinture. Elle marche en direction de la gare. Elle est étudiante. Elle va devenir infirmière. Sa démarche est vive. Elle a modifié sa démarche quand elle a commencé ses études. À la ferme, elle avait une démarche pour la ferme. Un peu lourde. Un peu gauche. Quand on marche dans les champs, on trébuche, on doit avoir le pas lourd, le pied ferme. Bien ancré dans la terre. À la ville, elle a voulu un pas léger. Un pas agile. Un pas de femme. Elle a mis un peu de rebond dans son pas aussi. Et ça fait rebondir ses cheveux blonds qui bouclent un peu aux pointes. Au début, elle a voulu mettre du maquillage. Mais ça faisait trop. Alors elle a arrêté. Elle a cousu des robes en arrivant à Besançon. Des robes plus fines que les robes de la ferme. Des robes que l'on ne risque pas de tacher. Qui volent un peu autour des chevilles. Plus courtes aussi. Elle a pris à sa mère les souliers de son mariage. En cuir, avec une bride. Ça lui fait mal, sa mère a les pieds plus petits. Elle avance sur la pointe des pieds pour avoir moins mal et ça lui donne cette démarche bondissante.

Esther marche vers la gare avec sa robe légère. C'est l'été. Une chaleur réconfortante. Pas quelque chose d'oppressant. Une chaleur qui complimente le corps. Un vent discret passe à travers sa robe, effleure sa peau. Et c'est comme si sa robe était le vent. Il y a du monde dans les rues. Le bruissement d'une excitation. Il fera encore chaud ce soir. On pourra rester dehors. Personne n'aura besoin de rentrer. Personne n'aura peur de la nuit fraîche. C'est la première nuit chaude de l'année. Les terrasses des cafés se répandent sur les trottoirs, ne laissant plus qu'un mince passage pour les piétons. Il y a de l'excitation dans l'air.

Esther dans sa robe de vent marche au milieu. Elle sent des regards. Il y a de plus en plus de regards ici. Plus qu'à la ferme, c'est évident. Elle les sent. Elle ne les rend pas. Elle marche sur la pointe des pieds dans sa robe claire que le vent plaque contre ses cuisses. Ça ne l'intéresse pas. Jusque-là, ça ne l'a jamais intéressée. Elle a encore un visage d'enfant. Et quand elle se voit dans le miroir ça lui rappelle qu'elle est encore une enfant, lui confirme pourquoi ça ne l'intéresse pas.

Elle n'a jamais croisé Reza. Il ne l'a jamais croisée non plus. Pourtant Reza marche beaucoup dans Besançon. Il marche pour rencontrer des femmes. Il est à l'école de médecine. Il arrive d'Iran. Il a un accent. Il en joue. Ça ne marche pas toujours. Les femmes n'aiment pas toutes les étrangers. Il y a d'autres étrangers à l'école de médecine. Ils approchent les femmes en tremblant. Ils leur offrent des cigarettes à la sortie des cafés, et les paquets tremblent dans leurs mains quand ils les leur tendent. Souvent ils n'osent pas les regarder.

Reza voit le regard des femmes sur les étrangers. Méprisant souvent. Définitif. Un regard comme une main levée qui dit « n'approche pas plus près ». Un regard qui est déjà une défense. Il y a la couleur de peau évidemment, ça leur fait peur. Et il y a l'accent, souvent ça les énerve. Mais Reza aime en jouer. Ça lui donne une excuse. Il peut dire des choses qu'elles ne comprennent pas. Elles n'osent pas lui dire qu'il se trompe. Celles qui aiment les étrangers, ça les charme. Elles ont un peu pitié aussi. Il joue sur les malentendus. Souvent, il les ramène chez lui. Dans sa petite chambre. Une chose qu'il aime bien leur dire : « Je vais te mettre quelque chose de chaud dans le ventre. » Il les emmène au cinéma. Et en sortant il leur dit ça. Il dit « je vais te mettre quelque chose de chaud dans le ventre ». Elles croient qu'il parle d'un repas. Elles se disent, on va aller manger un morceau. Et lui il rit intérieurement. Il le dit avec son accent et elles le suivent. Elles trouvent ça charmant. Pas toutes. C'est vrai. Pas toutes.

Il se promène les mains derrière le dos. Il pense à Téhéran. Il ne pense pas à rencontrer une femme ce soir. Il pense à ce qu'il va écrire à ses amis de Téhéran. À Chermine qui est resté au village. Qui est resté pêcheur. Il leur dira que Téhéran et Besançon ne sont pas des villes si différentes, que toutes les deux ont des montagnes, des tramways, des cafés où les amis vont s'asseoir pour discuter. La vraie différence, importante, c'est qu'ici il y a des blondes. Des blondes naturelles. Des vraies blondes. Comme celle qui marche devant lui avec sa démarche bondissante.

Esther ne l'a d'abord pas trouvé beau. En marchant à côté d'elle, il lui a dit plein de choses qu'elle n'a pas crues. Des mots : « extraordinaire », « merveilleuse », « inattendu ». Il dit que c'est inattendu de la croiser ce soir, ici, alors qu'ils vont tous les deux à la même université. Il dit qu'il ne l'a jamais vue. Elle écoute. Elle continue de marcher. Elle entend son accent. Elle demande d'où il vient. Il dit qu'il vient de Téhéran. Il est venu étudier la médecine. Il a commencé la médecine à Téhéran et puis il a gagné un concours. Il a gagné le droit de venir étudier en France. N'importe où. Il a choisi Besançon. Elle demande pourquoi. Il répond « pour Victor Hugo ».

Elle ralentit un peu. S'arrête presque. Pudique. Elle prend tout à coup conscience du vent qui colle sa robe contre son corps. Conscience de son corps exposé. C'est une robe de coton blanc. Elle est un peu transparente. Et la couleur de sa chair en dessous la rend rosée. Elle rougit. Elle ne veut pas qu'il voie. Elle tourne la tête. Il parle de Victor Hugo, un peu. Elle demande pourquoi il n'étudie pas la littérature. « On ne vit pas avec de la littérature. La littérature, c'est la misère. » Il dit qu'en Iran il avait faim. « En Iran, même les médecins ont faim. » Il est venu en France pour quitter la misère, pas pour faire de la littérature. Tout le monde ne peut pas être Victor Hugo. Il sourit. Et c'est là. Le sourire. C'est à ce moment. Quelque chose se casse, se crée en même temps. Après ça, tout est dit. Les phrases viennent plus facilement. La cadence de leurs pas s'accorde.

Peu de temps après leur arrivée à Paris, la première fille fait grossir le ventre d'Esther. Ce n'était pas prévu. C'est arrivé vite. Esther ne sait pas ce que Reza en pense. Ils ne sont pas mariés. Elle a peur qu'il parte. Pendant des semaines, elle est très attentive à ce qu'il fait, à ce qu'il dit. Elle essaie de savoir. De comprendre ce qu'il ressent. En elle, il y a la peur, principalement. La peur qu'il parte. La peur de l'enfant qui grandit. La peur de devoir l'élever seule. Elle se regarde dans le miroir, toujours ce visage de gamine. Ce visage qui lui rappelle qu'elle n'est pas prête. Qu'elle est encore une enfant.

Ils vivent ensemble maintenant. Ils n'ont qu'une chambre. Quand ils sont chez eux, ils restent tous les deux sur le lit. Esther est allongée pour ne pas déranger le bébé. Reza est en tailleur. Il y a des livres et des feuilles et des crayons autour de lui. La chambre est minuscule. Encore plus petite à cause des livres. Esther a fini ses études. Elle est infirmière. Elle commence à travailler. À avoir des patients. Elle ne met plus les chaussures à talons du mariage de sa mère pour marcher dans Paris. Elle a acheté des chaussures plates. Elle a peur de la démarche bondissante. Peur de ce que ça pourrait faire à l'enfant.

Un jour, Reza dit : « On va aller voir mon père. Je veux que mon père te voie avant le mariage. » Ils n'ont jamais parlé de mariage avant. Elle se doutait que ça arriverait. Mais ils ne s'étaient rien dit. Elle veut demander pourquoi il faut voir son père. Elle a peur de ce que cet homme peut dire. Reza ajoute : « Ça ira, tu es blanche. »

Esther n'a jamais voyagé. Elle n'a jamais quitté la France. Plus tard oui. Plus tard ils voyageront. Ils iront loin. Mais là, c'est nouveau.

Son père n'habite pas à Téhéran, mais dans le village où Reza est né. Un village sur la mer Caspienne où on pêche l'esturgeon. Ils s'arrêtent d'abord à Téhéran pour voir des amis de Reza. Des amis de l'école de médecine. Ils ont rendez-vous au café Qazvin. Ils avancent dans les rues de Téhéran, le pas calé sur la cadence de l'autre, comme lorsqu'ils marchaient dans Besançon. Reza avait raison, ce n'est pas si différent. Les odeurs peut-être. Les odeurs d'eau de rose et de fleur d'oranger, de nourriture, qui sortent des restaurants, de pistaches qui grillent. Une odeur de sable aussi. Elle dit tout ça à Reza. Il réplique qu'elle ne peut pas comprendre. Sur un ton froid, factuel. Un ton qui accuse la fracture entre eux. Comme s'il n'avait pas osé en parler avant, et attendait qu'elle fasse quelque chose de travers. Il fallait l'incident parfait qui ouvrirait la plaie. Il fallait qu'elle sente les odeurs de rose et de pistache quand pour lui il n'y avait que la crasse et ses relents fétides. Il fallait ça pour qu'il lui dise qu'elle n'est qu'une touriste. Que Téhéran pue. « Téhéran sent la misère et la mort et la viande pourrie que les bouchers jettent dans les rues pour les chiens de la nuit. » Il dit que lui aussi se battait pour cette viande. Que c'est à peine de la viande. Des os. Avec un peu de chair à racler autour. Il dit qu'avant de venir en France il n'avait rien à manger. Il devait se battre avec les chiens. Il devait arriver avant les chiens au moment où le boucher jetait les os dans les poubelles. Le boucher le voyait, bien sûr. Mais il ne lui parlait pas. Il ne lui donnait même pas la viande à la main. Pour le boucher, lui ou les chiens de la nuit, c'était pareil. Il aurait pu lui garder un bout. Pas le meilleur morceau, juste un bout qu'il n'aurait pas jeté sur le sol. Un bout qui n'aurait pas été pour les chiens ou pour lui, en fonction de qui arrivait en premier. Le boucher voyait les côtes du jeune homme. Il le voyait partir le matin pour l'université. Mais il ne lui a jamais donné un morceau de viande de la main à la main.

Chez lui, Reza avait un réchaud et une marmite que sa mère lui avait donnée quand il était parti. Il mettait de l'eau dans la marmite. Il la faisait bouillir sur le réchaud. Puis il ajoutait les os. Il faisait bouillir les os dans l'eau pour faire comme une soupe. Un bouillon clair au goût de viande. Il buvait ça. Il ne buvait que ça. « C'est ça la misère. Téhéran c'est la misère. C'est ce goût de bouillon clair. Un goût de métal et de rance et de gras. » Il crie presque quand il dit ça. Une inflexion de voix qu'Esther n'avait jamais entendue avant.

Ils passent devant les cafés éclairés, devant les terrasses où des hommes en costume clair et des femmes en robe courte fument des cigarettes. Elle dit : « Et eux ? » Elle ose. Elle demande. Elle veut savoir. Elle a besoin de savoir pour l'enfant. L'enfant qui aura cette odeur dans le sang. Qui aura le goût de métal et de rance et de gras dans le sang.

Il hausse les épaules. Il soupire. Elle l'agace, elle le voit bien. Il dit : « Il y a deux Téhéran. Le Nord et le Sud. Et dans ces deux Téhéran, il y a deux types de personnes : les élites au nord, et les pauvres au sud. » Il lui parle comme à une gamine. Il remue ses mains lentement vers le haut et vers le bas, à gauche et à droite pour accompagner son propos. Il dit : « Ici c'est le Nord. Je n'allais pas t'emmener dans le Sud. Tu ne t'en remettrais pas. Il n'y a pas beaucoup de gens qui peuvent survivre dans le Sud. Et encore moins qui passent du sud au nord. Moi j'y suis arrivé. » Il baisse les yeux et ajoute, tout bas : « Il a fallu que je parte, mais j'y suis arrivé. »

Esther effleure son bras, qu'il retire brusquement.

Il continue : « Les gens viennent à la ville parce qu'ils n'en peuvent plus de la campagne. Parce qu'ils suffoquent. Ils arrivent ici et ils pensent qu'ils vont trouver la liberté. Ils sont dans la même ville que le roi, alors forcément ils se disent que ça va être mieux. Ils laissent derrière eux, dans les campagnes, leurs parents qui vieillissent et leurs petits frères qui suffoquent, mais qui sont trop jeunes pour savoir pourquoi. Ils partent et derrière eux ils ne laissent rien que ceux qui sont trop faibles pour survivre. Ils partent en se disant que c'est leur droit. Et ils arrivent ici, tous, avec des yeux émerveillés. Mais ils dorment dans un trou et comptent sur leur corps la vermine avant de s'endormir et doivent se disputer leur repas avec des chiens errants ! » Il a crié cette dernière phrase. Esther n'ose pas le regarder. Il y a un temps. Puis le silence entre eux se remplit progressivement des bruits de la ville. « Mais ne t'inquiète pas, mes amis sont du Nord, pas des ploucs de la campagne comme moi. » La phrase claque comme une insulte.

Elle voulait en savoir plus sur son pays, tout simplement. Pour en savoir plus sur lui. Elle pensait, en visitant l'Iran, trouver l'âme de Reza, trouver ce qu'il avait enfoui de pur. À la place, elle a trouvé un bidonville. Un amas de douleur et de tristesse et d'injustice trop enchevêtré pour qu'elle puisse espérer y pénétrer.

En arrivant au café Qazvin, il prend Esther par la main. « Ne dis pas à mes amis que Téhéran sent l'eau de rose. »

Ils franchissent la porte. Des cris. Des gens se jettent sur eux. C'est la première fois qu'elle entend le nom de Reza correctement prononcé. Pour elle, en revanche, ils prononcent Yesther. Elle est emportée par une mer de mains chaudes et de sourires bienveillants, ses pieds ne touchent plus le sol. Elle est séparée de Reza. Elle pose sa main sur son ventre. Elle veut protéger l'enfant. Elle veut se protéger.

Elle est assise, soudain. On lui tend des verres. On lui tend des cigarettes. Il y a cette langue qu'elle ne connaît pas. Et partout des gens qui sourient. Reza rit. Elle pense qu'il a été trop loin trop longtemps. Elle revoit le sourire qui ouvre toutes les possibilités. Elle pense qu'il faut qu'ils reviennent régulièrement. Elle entend Reza parler cette langue qu'elle ne connaît pas. Il est chez lui. Elle est bien. Elle ne parle pas. Ça lui va. Elle regarde. Elle est attentive à tous les bruits, à toutes les couleurs. À la langue aussi, qui va vite, qui court, qui racle et s'adoucit. Elle cherche l'odeur de viande et de misère. Elle regarde dehors. Sur le trottoir, un flot doux de personnes, comme une rivière paisible. Un ruisseau doux de personnes claires qui passent et se frôlent et se saluent et échangent des cigarettes.

Pendant un moment elle se retrouve seule, isolée dans cette foule. Elle ne distingue plus les amis de Reza des clients du café. Elle est assise, paisible, la main sur son ventre. Un homme s'approche d'elle. Il porte un costume. La veste et le pantalon sont rose pâle. La chemise est claire aussi, peut-être verte ou bleue. Le col ouvert. Une cravate sombre, dénouée, pend mollement autour de son cou. Il a une moustache noire très épaisse. On dirait un déguisement. Une moustache comique. Plus tôt, elle l'a vu parler avec Reza. Ils fumaient debout au milieu des autres.

Il s'assied à côté d'elle. Elle pousse un peu sa chaise. Il parle français. Ça la surprend et la dérange un peu. Elle était bien là, juste à regarder. Il lui dit « bienvenue ». Il s'excuse pour les autres qui ne parlent pas français. Elle dit que c'est normal. Elle ne parle pas persan. Il sourit. Il lui offre une cigarette. Elle refuse. Il a le même accent que Reza mais plus fort. Un vrai accent. Il lui demande ce qu'elle pense de Téhéran. Elle ne parle pas d'eau de rose, de pistaches ou d'os rongés par les chiens de la nuit. Elle sourit. Elle ne sait pas quoi répondre. Elle dit : « C'est nouveau pour moi. » L'homme en rose dit : « Vous allez à X demain ? Vous allez rencontrer votre beau-père ? » Esther met sa main sur son ventre. Un réflexe. Elle dit oui. Elle a hâte. Il raconte que le docteur Maghsadi lui a sauvé la vie. Il a sauvé la vie de beaucoup de gens. Il explique que sans le docteur Maghsadi, il ne serait plus là. Ou plus entièrement. Il dit que les gens le connaissent jusqu'à Téhéran. Il a une réputation. C'est un honneur de le rencontrer. Il lui demande si Reza est un bon médecin. Elle répond qu'il n'a pas fini ses études. L'homme au costume rose hoche la tête. « Je suis sûr qu'il sera aussi doué que son père. C'est dans le sang. » Et Esther pense à l'enfant dont le sang a un arrière-goût de rance et de métal. Elle demande : « Vous connaissez sa mère ? » La moustache s'affaisse. Il regarde ailleurs. Elle ose et redemande : « La mère de Reza. » L'homme en rose essaie de sourire. Ça a l'air douloureux. Il dit quelque chose qu'Esther ne comprend pas. Elle le fait répéter. Il fait mine de ne pas entendre et se lève. Esther reste assise. Rapidement, quelqu'un d'autre s'assied à la place. Quelqu'un qui ne parle pas français.

8

Le lendemain, ils partent tôt. Assise dans le car, Esther regarde par la fenêtre, le front collé à la vitre graisseuse. Derrière eux ils laissent la poussière de Téhéran et se dirigent vers les montagnes.

À certains moments, le ciel, la terre, les lacs, le monde tout entier est vert. Ses yeux tentent en vain de démêler les enchevêtrements de feuilles, de racines, de branches, de flaques et de brume. Les champs de riz découpent des miroirs aux contours irréguliers et depuis leurs reflets vert-de-gris se hissent vers le ciel des milliers de jeunes pousses d'un vert craquant. Un brouillard humide se faufile entre les cimes des arbres comme la toile d'une araignée géante. Des échoppes au bord de la route s'envole une fumée timide aux parfums réconfortants de beurre et de sucre, qui se mêle à la brume et disparaît dans le vert sombre et touffu. Sur leurs murs grimpent et retombent lianes et feuillages en un désordre inextricable. Des racines se tordent sous la route pour éclore. Des tiges se hissent sur les pierres. Toute la montagne abdique, étouffée par ce gant d'émeraude.

Soudain, un village doré apparaît comme une médaille sur l'uniforme d'un général. Chaque maison est un diamant jaune délicatement serti contre la suivante. Au-dessus des habitations, les ruines de quelque rempart sillonnent la montagne en d'élégantes ondulations et semblent un diadème sculpté dans la pierre.

Devant ce spectacle, Esther, éblouie, se tourne vers Reza. Il dort. Elle cherche autour d'elle, dans les regards des autres passagers, le même émerveillement. Mais ceux qui les accompagnent sont également assoupis, bercés par le roulis du bus.

Après quelques virages, le village a disparu. La forêt explose à nouveau. Son velours vert couvre la pierre à perte de vue. Esther avance, dans la langueur du car, dans un pays inconnu. Elle n'est plus en Iran. Elle n'est plus avec Reza. Elle ne cherche plus ni à le comprendre ni à le révéler. Elle a quitté le mouvement indolent, presque écœurant du véhicule, la chaleur moite des voyageurs. Hors les arbres, le ciel et les villages impénétrables, tout lui est insignifiant. Le mélange enivrant d'arbres et de pierre, de route et de torrents, de nature et d'histoire l'accapare tout entière.

La pluie se met à tomber. Le bruit de la pluie sur le toit du car. La pluie sur la carlingue se mêle au bruit du moteur crachotant. Esther s'assoupit. Parfois, quand le car ralentit et que le moteur crie moins fort, des voix lui parviennent, en sourdine, à travers son sommeil, dans la langue qu'elle ne comprend pas. Comme dans un rêve, les phrases se forment et se dissolvent sans qu'elle les comprenne.

À côté d'elle, Reza s'est réveillé et regarde au-dehors. Quand ils arrivent, il la secoue. Il est déjà debout. Il avance entre les rangées. Elle se dit qu'il lui en veut d'avoir dormi. Elle a peur qu'il lui en veuille. Elle le rattrape. Elle lui prend la main. Elle sent un mouvement pour se dégager, comme un réflexe. Mais, finalement, il la lui laisse. Son visage est sombre. Fermé.

Il n'y a plus le sourire d'hier, plein de possibles. Elle lui dit : « Un homme hier m'a parlé de ton père, il en avait une très haute opinion. » Elle ajoute : « J'ai hâte de le rencontrer. »

Il faut expliquer ici que Reza n'a pas revu son père depuis qu'il est parti de la maison. Que sa mère est morte sans qu'il la revoie non plus. Il a envoyé des lettres de France pour donner des nouvelles. Il n'a jamais eu de réponse. Son père n'a jamais écrit. C'est Chermine qui lui a appris pour sa mère. Il l'a appelé. Il est allé à la ville la plus proche et il l'a appelé. Il a dit : « Reza, c'est ta mère. » Reza a tout de suite su. Il n'a jamais entendu les mots « ta mère est morte ». Il n'a jamais prononcé les mots « ma mère est morte ». Il n'a jamais dit à son père : « Tu as tué ma mère. » Il a annoncé à Esther qu'il n'avait plus sa mère. Il n'a pas dit pourquoi. Il a peur de devoir le faire. Il pense à l'enfant lui aussi. Au sang qui coule en lui, quand parfois ses mains tremblent parce qu'il a envie de frapper. Il a peur en voyant son père que ses mains tremblent.

Ils sont arrivés devant la porte. Reza frappe puis entre. Il y a d'abord la salle d'attente. Quelques tabourets en plastique. Les murs nus. Sales. Esther croit voir des cafards s'enfuir dans un coin. Reza pose les valises et esquisse un geste pour qu'Esther s'asseye. Elle choisit le tabouret le plus éloigné du coin où les cafards ont fui. Reza dit : « Je vais le chercher. » Il entre dans le cabinet sans frapper, et referme la porte derrière lui.

La pièce est glaciale. Glaciale et humide. Esther regarde autour d'elle, elle a peur de voir réapparaître les cafards. Elle tape des pieds sur le sol pour qu'ils ne se montrent pas. Sur les murs sales, de grands rectangles plus clairs laissent penser que des tableaux ont été accrochés là pendant longtemps avant d'être retirés. Le plafond est boursouflé par l'humidité. À côté de la porte du cabinet, un escalier mène à l'appartement. La maison sent le champignon cru. Cette odeur de terre humide. L'odeur d'humus. L'odeur du sol. Esther tend l'oreille. Elle entend des mots derrière la porte fermée. La voix de Reza un peu plus forte que tout à l'heure. Elle ne comprend pas la langue, mais elle comprend la voix. Elle cesse de taper des pieds. Elle remonte ses jambes contre elle, contre son ventre bombé, pour les soustraire aux cafards.

Quelque chose coule en elle. De visqueux et froid

comme les murs de cette maison. Comme l'odeur de cette maison qui rentre en elle. Ses mains sont transies. La voix de Reza plus forte. Et puis un bruit. Un bruit de montagne qui s'effondre, de pierre qui se fend. Un grondement d'avalanche qui résonne entre les murs. Un claquement de tonnerre. Elle se dresse malgré elle. Son cœur bat au milieu du liquide visqueux et froid qui l'envahit. Son cœur se débat pour sortir. Elle est debout au milieu de la pièce.

Il y a encore des bruits. Moins forts. Des bruits de choses qui se cassent. Puis plus rien. La voix de Reza se rapproche. Il ouvre la porte et finit une phrase dans la langue inconnue. Esther est toute droite au milieu des tabourets en plastique. Au milieu des murs humides qui sentent le champignon frais. Reza a la main enveloppée dans un linge taché de sang. Elle veut courir vers lui. Lui demander ce qu'il s'est fait. Mais elle reste immobile. Elle attend qu'il lui dise quoi faire. Elle aimerait qu'il dise « on s'en va ». Mais il dit : « Viens, entre. » C'est plus un ordre qu'une invitation.

Elle franchit la porte de la salle de consultation. Un bureau. Un squelette poussiéreux dans un coin. Aux murs, des schémas anatomiques racornis et décolorés. Une chaise devant le bureau. Le cuir est lacéré et de la mousse jaune s'en échappe. Le père de Reza est de l'autre côté du bureau. Affalé sur une chaise. Il porte une chemise qui a dû être blanche. Une cravate lui étrangle le cou. Il a, comme Reza plus tard, de magnifiques cheveux blancs. Soyeux. Des cheveux de grand-père.

La pièce sent l'alcool. Un mélange de whisky ou de cognac qui lui donne la nausée. En s'approchant, Esther voit à côté du bureau une bouteille brisée. Le liquide marron rouge répandu sur le sol. Elle se retourne vers Reza et regarde sa main. Le père de Reza tente de se lever. Il se hisse sur ses bras frêles et tremblants, et retombe sur lui-même. Il tend une main vers Esther. Elle la saisit. Elle dit : « Enchantée de vous connaître. » Dans le silence de la pièce, sa voix prend toute la place. Elle sourit quand même. Elle pense à son enfant. Au sang qui coule dans le sang de son enfant.

Le père de Reza commence à parler dans la langue des rêves. Et Reza répond. Et Esther sourit. Reza traduit. Pas tout. Il traduit les choses importantes. Le père dit qu'il est enchanté lui aussi. Il dit « bienvenue chez nous ». Reza traduit des compliments et des gentillesses. Le père a du mal à formuler certaines phrases. Même sans comprendre, elle le voit. Il s'y reprend à plusieurs fois. Reza garde les yeux baissés, la tête penchée vers le sol. Esther acquiesce. Elle dit des choses à Reza qu'il ne traduit pas. Il y a des phrases du père que Reza rapportera plus tard. Et puis le père n'a plus rien à dire. Le père la regarde avec des yeux noyés. Et elle sent à nouveau en elle le liquide froid et visqueux qui coule entre ses côtes. Reza se lève. « On s'en va. » Le père ne les regarde plus. Reza la saisit par le bras et l'entraîne dans la salle d'attente. Il prend les valises et lui fait signe d'ouvrir la porte.

Dehors, l'air frais sent le poisson. Reza décide : « On n'en parlera plus. » Elle demande, elle se force et elle demande : « Tu lui as annoncé pour l'enfant ? » Il dit oui. Une pause. « Mais à quoi ça sert ? On n'en parlera plus. » Il se met à marcher. Elle le suit. Ils descendent vers la mer, chez Chermine. Chermine est comme son frère. Elle ne lui demande pas pourquoi ils ne vont pas rendre visite à ses vrais frères. Il y a tellement de questions qu'elle ne pose pas. Elle se dit qu'un jour elle les lui posera. Un jour, il voudra bien lui répondre.

Sur le chemin de la mer, pourtant, il parle. Mais pas de lui. Il parle des esturgeons. Il parle de la pêche. Il lui décrit le mode de vie des pêcheurs. À quoi ressemble leur journée. Il dit que Chermine est pêcheur. Que lui aussi il aurait dû être pêcheur. Que c'est ce que son père voulait. Qu'il n'y avait pas assez d'argent pour que les deux fils étudient. Qu'il fallait qu'il y en ait un qui reste avec leur mère. Il ne continue pas.

Au bord de la mer, tout est gris. Le sable, et l'eau, et le ciel. Mais la maison de Chermine est étroite et jaune. Comme s'il y avait tout le temps du soleil. À l'intérieur, il fait clair. Des fenêtres, on voit la mer glauque et calme. Quand le soleil se couche, toute la maison devient orange. La maison de Chermine n'est pas comme la maison du père de Reza. Elle est chaude. Remplie de meubles. Il y a des tapis sur le sol. Un plateau avec des verres de thé. Tout est orange et vermeil et rouge. Des tons d'orange. C'est la couleur principale. Au milieu de l'orange, il y a le visage de Chermine. Il a une grosse moustache noire comme celle de l'homme au costume rose de l'autre soir. Mais la sienne est ébouriffée, constellée de cristaux de sel. Pourtant, aujourd'hui, il n'a pas passé la journée en mer. Il a passé la journée à préparer leur arrivée.

Il le dit à Reza en français. Reza et Chermine se prennent dans les bras. Esther attend. Puis Chermine fait le baisemain à Esther comme il a vu faire dans les films. Sa main tremble un peu. Il est gêné. Il y a cette barrière. La Française. La Blanche. Il attrape leurs valises. Il dit : « On les montera tout à l'heure. » Le thé est chaud. Il s'excuse de son français avant qu'Esther ait pu le féliciter. Elle s'en veut. Elle le rassure, son français est parfait. Elle lui demande comment il a appris. Chermine pointe Reza du doigt. Il dit « c'est lui ». Et pour la première fois, Esther voit Reza rougir.

Ils boivent du thé. Reza parle de Besançon, de la France. Il dit, comme il l'a dit aux autres, comme il l'a déjà dit à Esther, que Besançon et Téhéran se ressemblent. Chermine dit qu'il le lui a déjà écrit dans plusieurs lettres. Chermine plaisante. Quand il plaisante, il pousse un peu Esther du coude. Il veut qu'ils se moquent de Reza ensemble. Alors Esther aussi fait des plaisanteries sur Reza. Et Reza rit. Le thé les réchauffe. Esther oublie le liquide froid et l'odeur de champignon de la maison du père. Dans la maison cuivrée de Chermine, elle est bien. Pendant un moment, il n'y a que leurs rires et leurs voix. Du français souvent et parfois des phrases en persan. Chermine veut apprendre quelques mots à Esther. Elle répète consciencieusement. Reza la regarde. Il a les yeux qui brillent.

Puis d'autres personnes les rejoignent. Elles apportent des plats de légumes, de viande, des ragoûts colorés, du riz jaune parsemé d'airelles rouges, des desserts qui sentent la rose, la cardamome, le lait. Les gens s'asseyent. Il y a des gens partout. Des plats partout. Il fait chaud. Reza se penche vers Esther. Il dit : « Téhéran ne sent pas l'eau de rose mais X, si. » Il est heureux. Elle retrouve le sourire d'immensité.

Dehors, la lune laisse une longue trace poudrée sur la mer de velours noir. Esther s'adosse contre un mur. Une femme s'approche d'elle. Elle pose ses mains sur son ventre. Elle fait un geste rond avec son bras. Esther dit oui. Oui, il y a un enfant. La femme sourit. Elle fait venir Chermine. Elle dit quelque chose à Chermine qui traduit : « Elle dit que ton enfant sera une fille. » La femme embrasse sa main, la pose sur le ventre d'Esther, elle appuie légèrement, puis se recule et s'en va.

À l'intérieur, dans le salon orangé, Esther, somnolente, regarde autour d'elle le visage des femmes.

Celui des hommes. Elle essaie d'imaginer celui de l'enfant. Il y a le nez. Souvent busqué. Les yeux noirs et les sourcils noirs au-dessus. Et sous les yeux noirs, les femmes tracent des traits noirs. La peau bistre. Bronzée par la mer et le sel. Et les cheveux épais et noirs. Des millions de petites boucles qui absorbent la couleur comme la mer. Elle s'assoupit. Bercée par la langue de Reza qu'elle ne comprend pas, elle rêve du visage de sa fille.

C'est ici, dans un demi-sommeil, assise sur un tapis persan, qu'Esther invente un motif. Elle prend des fils orange et noirs et bistre. Et aussi de la soie blanche. Elle les noue. Elle tisse son visage. Elle coud ses grands yeux noirs et son petit nez busqué. Et elle mêle au sang au goût de rance et de métal l'odeur du riz chaud, de la cardamome et du thé vermeil.

9

Esther garde la tête entre ses mains en attendant que l'aspirine fasse effet. Reza a disparu. Elle distingue à travers les stores baissés les vestiges de sa table. Elle compte les chaises qui resteront vides. Alexandre qui ne viendra pas. Vanessa qui ne viendra pas. Il y aura Bruno, Carole. Son mari à elle, sa femme à lui. Les enfants de Carole.

Elle a besoin d'air, même si c'est de l'air chaud. Elle veut faire entrer les bruits de l'extérieur. Sortir de cet air noir et lourd et tiède. Elle se lève. Sa tête bat à tout rompre. Son cœur aussi. Elle se lève et se tient la tête avec une main. Un sifflement l'accompagne. Qui vient de l'intérieur. Qui lui fait plisser les yeux. Elle se lève et elle ouvre les stores. Elle tire sur les cordelettes comme sur les cloches d'une église. Elle tire dessus et la lumière entre. Jaune. Jaune. Il n'y a plus de noir. La lumière entre et de grands carrés jaunes se fixent les uns après les autres sur la salle à manger noire. Et plus elle ouvre les stores et plus les carrés se mêlent les uns aux autres. Ils se rapprochent. Et toute la pièce est jaune maintenant.

Les tapis persans brillent dans la lumière jaune. Puis elle ouvre toutes les fenêtres. Il n'y a pas d'air. Elle sait qu'il n'y a pas d'air, mais elle les ouvre quand même. Avec fracas, comme un courant d'air. Et les battants claquent sur les murs. Elle ouvre toutes les fenêtres. La brûlure du soleil l'atteint comme un poignard. Une lame brillante qui la frappe au visage. Elle inspire l'air brûlant et épais. Chaud comme une soupe. Elle inspire plusieurs fois. Elle suffoque dans l'air ardent. Le visage au soleil. La peau de son front, de ses joues, chauffe. Sur la terrasse, la table étincelante de blanc attend. La certitude est douloureuse. Ils ne seront plus jamais réunis. C'est comme ça.

C'est là, là dans la salle à manger aux stores relevés, qu'elle voit les ruines de sa famille pour la première fois. C'est là qu'elle voit que sa famille est vraiment ruinée. Elle se rend compte que ça a toujours été là. Elle aurait pu le voir. Elle l'avait deviné et c'était pour combattre cet état de fait qu'elle avait souhaité ce déjeuner. Comme si cette journée pouvait mettre un coup d'arrêt au destin. Du moins le dévier. Mais c'est trop tard. Elle a essayé de les retenir autour d'elle. Elle a essayé de les tenir dans sa tapisserie, de les nouer les uns aux autres pour qu'ils ne s'éloignent pas. Elle croyait que c'était une fin. Qu'elle construisait une œuvre. Elle ne se rendait pas compte qu'il n'y avait pas de fin.

La douleur gonfle dans sa tête comme une vague. Ça ne part pas. Elle sent la pierre plate qui s'enfonce à l'arrière. Qui pousse ses yeux vers l'avant. Elle les ferme. Elle espère que l'aspirine va vite faire de l'effet derrière ses paupières fermées.

Elle se dit, ce n'est pas plus mal qu'Alexandre ne vienne pas. Ça aurait été compliqué de les avoir là tous les deux, assis l'un à côté de l'autre. D'ignorer les années depuis le mariage. Combien d'années ? Toutes ces années où ils ne se sont pas parlé. Où ils n'ont pas été dans la même pièce. Elle essaie de se dire que c'est mieux. Que c'est mieux comme ça que les frères ne soient pas là. C'était irréaliste de vouloir les faire renouer comme ça, en un déjeuner. Ils seraient restés assis l'un à côté de l'autre, mais se tournant le dos. Ça aurait été pire. Elle n'aurait pas aimé voir ça.

Il y avait toujours eu de la distance entre ces ceux-là. Plus tard, Bruno dira : « J'aurais aimé avoir un frère. » Entre les sœurs ça a toujours été. Sans doute la différence d'âge. Ça crée une hiérarchie tout de suite. Les rôles sont définis. Les vies sont définies. Elles avancent l'une après l'autre. C'est facile. C'est clair. Avec les sœurs, Esther n'a rien eu à faire. Elle n'a pas eu besoin de s'immiscer. Elles ont pris leurs habitudes. Elles ont trouvé leurs marques. Elles ont fait des choses différentes.

Pour les frères, elle a essayé. Les gens lui disaient : « Ils ne sont pas obligés d'être amis. » Mais si. Pour elle, si. Elle les forçait à être ensemble. À jouer ensemble. Et ils s'entrechoquaient comme des boules de billard.

Quand ils étaient petits, tout le monde croyait qu'ils étaient jumeaux. Ils ont les cheveux bruns du père. Du noir qui absorbe la lumière. Ils ont les mêmes yeux vert-brun. La même façon de se gratter l'oreille quand ils réfléchissent. Avec le petit doigt de la main droite. Et le rire du père. Ils ont le même rire nasillard et saccadé. Et Esther se disait que des enfants si semblables, des enfants qui se ressemblent tant, qui sont frères, sont obligés d'être proches. C'était une chance à ne pas laisser passer. Avoir deux garçons si semblables. Presque pareils. Presque pareils à l'extérieur, il fallait qu'ils soient pareils à l'intérieur.

Mais il n'y a rien entre les fils. Ils n'ont pas construit. Ils ont à peine des souvenirs. Il n'y a qu'Esther pour tenter de les rapprocher. C'est trop tard. Ils n'ont pas l'impression d'être frères. Il y a le sang mais c'est tout. Il y a la ressemblance aussi. Et la chambre où ils dormaient tous les deux. Des lits superposés. Les mêmes couvertures violettes. Alexandre, le lit du haut. Évidemment c'est l'aîné. Bruno, celui du bas. Écrasé sous le poids de son grand frère. Sous son ombre. C'est un peu banal. Mais c'était comme ça.

Il n'y avait pas de violence. Pas de coups de poing, de coups de pied. Pas de choses jetées du lit du haut sur le lit du bas. Jamais « bonne nuit ». Jamais « bonjour ». Jamais de jeux. Jamais de fronde contre les parents. Jamais de secrets. Juste cette chambre qu'ils partageaient. Par hasard, leur lit au même endroit. Une fausse intimité. Une captivité. Esther avait créé une chambre pour eux, croyant les rapprocher. Elle les faisait dormir ensemble, pour les faire s'aimer. Elle les avait enfermés ensemble toutes les nuits de leur enfance. Et n'avait rien fait d'autre.

La famille est réunie pour le mariage. Sur la photographie, devant la mairie, il y a tout le monde. Sauf Pénélope qui n'est pas venue. Alexandre était arrivé sans elle, avec sa fille aînée. Esther avait demandé : « Pénélope n'est pas là ? » Alexandre avait répondu : « La petite est malade. » Il avait précisé qu'elle avait de la fièvre, que Pénélope était restée debout toute la nuit. « Elle est fatiguée et elle doit rester avec la petite. » Esther, dans une hardiesse, avait dit : « C'est le mariage de ton frère ! » Elle l'avait presque crié. Le reproche qu'elle ne lui avait jamais fait. Pour la première fois, elle demande une explication. Être tous là, c'est le minimum. Ils doivent être là, ensemble. Elle le dit à Alexandre. Elle dit son désespoir. Elle lui dit qu'elle comptait sur lui. Elle dit « c'est important pour la famille ». Ils auraient pu laisser la petite avec une baby-sitter, juste pour une heure. Que Pénélope soit là pour la photo. Que tout le monde soit là. Alexandre avait dit : « Pour les apparences ? » Esther n'avait rien répondu. Ils ont souri quand le photographe a crié « on y va ». Un sourire impeccable. Ils sourient tous. C'est une belle photo de famille.

Et c'est la dernière, parce que quelques heures plus tard, la famille est détruite. Quelques heures plus tard, il n'y a plus de famille. On s'en rend compte petit à petit. Au fur et à mesure des mois. On se met à dire : « Alexandre ne vient pas ? » Ou : « Bruno n'est pas là ? » On se rend compte qu'ils ne sont plus jamais dans la même pièce. Que quand on invite l'un, on n'invite pas l'autre. Les filles s'en rendent compte. Peut-être aussi Reza. Personne ne dit rien. Même les sœurs n'en parlent pas entre elles.

Tout le monde prend l'air surpris, comme si les gens n'avaient pas assisté à la scène du mariage. Comme s'ils n'avaient pas vu Alexandre partir avec sa fille sous le bras. Bruno qui criait. Des cris d'enfant. Personne ne peut oublier ces cris. Mais tout le monde prétend avoir oublié. Si on ne se les rappelle pas, ils n'ont peut-être pas existé. On ne veut pas s'en souvenir. Que ça devienne une histoire de famille. On préfère se souvenir de la photo. Esther l'a fait encadrer. Elle est au-dessus du téléphone avec d'autres. Quand Alexandre vient, elle déplace les autres photos devant.

Esther n'avait pas pu prévoir ce qui se passerait entre les deux frères. Si elle l'avait prévu, qu'aurait-elle pu changer ? Ce n'est pas totalement leur faute. Ils n'ont pas eu d'exemple. Ils n'ont jamais vu la mère et le père se parler. Se parler vraiment. Se parler d'autre chose que du repas, de la journée qui vient de se passer, des ragots. Ce n'est jamais rien qu'informatif. Le temps qu'il fait aussi. On ne parle pas du futur. On ne parle pas du temps qu'il va faire. C'est déjà un espoir. Et l'espoir, c'est la naïveté, c'est la faiblesse. Partager un espoir. Dire tout simplement « j'espère qu'il fera beau », c'est déjà trop d'aveu. Ça met les autres mal à l'aise. Ils ne peuvent pas répondre à ça. Un souhait. « J'espère qu'il fera beau. » Il n'y a pas de bonne réponse. Il n'y a pas de phrase après ça. Qu'est-ce qu'on pourrait promettre ? Quand il y a de telles phrases, on s'énerve. Les parents s'énervent. Esther s'énerve. Elle dit : « On verra, on ne sait pas de toute façon. » Elle ne veut pas partager l'espoir. Le partager c'est une part de responsabilité. C'est dire qu'on va pouvoir faire quelque chose. C'est accepter la déception de l'autre, plus tard, s'il pleut. Dans la famille, on ne partage pas les espoirs ni les déceptions, c'est *chacun pour soi.* Mais personne ne se le dit. Ce n'est pas une règle. Ça s'apprend au cours de l'enfance. Ils ont essayé, les enfants. Au début. Ils ont émis des espoirs. Ils ont parlé aux parents. Et ils ont appris à ne plus le faire.

Il faut dire aussi que les énervements sont formidables. Inarrêtables. Si on y met le feu, ça ne s'arrête pas. Ça dure plus longtemps que la question. Plus longtemps que l'espoir même. Ça le détruit. Ça le brûle. Il n'en reste rien. Alors on garde les espoirs pour soi. Les envies aussi. Pour ne pas les soumettre au feu de l'énervement qui consume tout. Alors on s'évite. On se frôle en silence pour ne pas déranger la menace tapie. L'énervement, à fleur de peau, qui pourrait éclater. On ne parle que de choses. On ne parle jamais de soi.

Même après le mariage, après des mois d'évitement, Esther lutte. Elle ne veut pas abandonner. Entre les deux frères, la tapisserie d'Esther s'étire. Se distend. Craque par endroits. C'est la plus grosse menace, ces deux frères. La vraie menace. La fin de la famille viendra par eux. Elle le sent. Alors elle demande à Reza d'acheter une maison. C'est une bonne idée, une maison. Une grande maison. Une maison neutre, sans histoire. Une maison où ils pourraient tous se retrouver. Loin de Paris. De l'appartement. Loin des photos.

Pour préserver la famille, pour éviter l'éclatement final, pour réparer le mariage. Esther fait la seule chose qu'elle sait faire. Elle confine. Elle conserve. Elle remplit. Il faut qu'ils soient là tous. C'est suffisant. Dans la famille, on ne cherche pas à savoir si on s'aime. Si on se parle. Si on se comprend. On est là. Si on est là, ça suffit. C'est tout ce qu'elle veut, ses enfants ensemble avec elle. Avec Reza aussi. Évidemment tous.

Alors, elle cherche une maison avec beaucoup de chambres. Des chambres où on peut dormir à plusieurs, et un immense salon pour dîner tous ensemble. Un immense salon où on peut mettre des matelas les uns à côté des autres pour les enfants si toutes les chambres sont prises.

Ils ont trouvé une grande maison dans le Sud, sur la Côte d'Azur. Sur une falaise. Les murs sont rose pâle. Les volets sont de ce turquoise des villas de Provence. Il y a une grande terrasse qui se jette dans le maquis et disparaît sous les buissons de romarin qui embaument l'air et les murs et jusqu'aux draps dans les chambres. Depuis la terrasse, on voit les falaises dorées et tranchantes qui tombent dans l'eau transparente de la Méditerranée. Il y a des chambres pour tout le monde. Et un grand salon.

La mère est heureuse. Elle a hâte du désordre. Du bruit. Du va-et-vient. Elle a hâte de ne rien faire d'autre qu'être ensemble. Regarder autour d'elle et voir tout le monde. Avoir la famille là, devant les yeux. Tous. Elle croit que ça va se résoudre. Il suffit d'être ensemble. De s'asseoir tous ensemble.

Comme aujourd'hui. Il suffisait qu'ils viennent tous. Qu'ils s'assoient les uns à côté des autres. Elle avait fait tout le reste. Ils pouvaient au moins faire ça.

Ce n'est que quand elle ouvre les fenêtres et laisse entrer les grands carrés jaunes dans le noir du salon que l'espoir s'envole véritablement. C'est uniquement à ce moment-là. Juste avant, l'espoir était encore là. Et puis il a disparu avec certitude. Elle attend la tristesse. Qui ne vient pas. Un calme au contraire. Esther est calme. Ça doit être l'aspirine qui fait enfin effet. Elle est calme. Elle repense à la maison. La Romarine. Elle s'assied au soleil sur la terrasse. En plein soleil. Sa peau rougeoie sous l'air ardent.

10

Bruno est chez lui. Un appartement avec des moulures, du parquet luisant en point de Hongrie, des peintures abstraites au mur. Un long couloir mince le divise en deux. Il y a une cheminée qui ne fonctionne pas mais dans laquelle sa femme allume parfois des bougies.

Dehors, le bruit de la rue. Il y a un arrêt de bus juste en dessous, et un feu rouge plus loin. On entend le moteur des voitures. Le soupir épuisé des bus quand ils redémarrent. Certains trouvent ça trop bruyant. Disent que quand on ouvre les fenêtres on ne s'entend pas. Mais lui, il aime le bruit de la rue. Ça lui rappelle qu'il est au cœur de quelque chose de plus vaste. Que quelque chose se passe autour de lui. Qu'il y a d'autres vies à poursuivre. Le soir il aime s'asseoir dans le noir du salon et regarder les phares des voitures, des bus, des scooters, qui défilent au plafond, le feu rouge qui passe au vert, le vert qui passe au rouge, les lumières orange des réverbères. Toutes ces lumières qui s'étirent sur le plafond en ovales translucides orange, jaunes, rouges, verts, blancs. Il les regarde apparaître et disparaître. Il n'y a rien d'autre. Cette répétition irrégulière le calme.

Depuis qu'il est petit, il a du mal à dormir. Avant, quand il dormait avec son frère, il n'arrivait jamais à s'endormir. Son frère était sur le lit du haut. Lui en dessous. Il faisait trop noir. Il n'avait pas les lumières de la rue pour l'apaiser. Alors, il balançait sa tête de gauche à droite pour se bercer. Pour se donner le vertige et se donner sommeil. Mais Alexandre n'aimait pas ça. Ça l'empêchait de dormir. Il l'avait dit à Esther. Et leur mère avait dit à Bruno d'arrêter. Elle l'avait grondé. Elle avait dit que ça dérangeait Alexandre. Depuis, Bruno n'arrivait plus à dormir.

Aujourd'hui il fait si chaud qu'il n'y a pas de voitures. C'est le week-end, il y a moins de bus. Il a tiré les rideaux. La fenêtre un peu entrouverte pour entendre quand même l'extérieur.

Il est prêt. Sa femme aussi. Ils sont prêts mais il ne veut pas y aller. Il l'a dit à sa femme. « À quoi ça sert. Pourquoi on doit continuer à les voir ? » Sa femme est d'accord. Elle n'aime pas la famille. Elle n'aime pas Esther et Reza. Pareil pour Alexandre. Elle leur en veut à cause des histoires qu'a racontées Bruno. Elle a entendu trop d'histoires d'enfance. Et puis, chaque fois qu'ils se voient, il y a de nouvelles histoires. De nouveaux drames. Et ça s'ajoute et ça s'ajoute. Et ça rend chaque fois plus difficile de se voir. Ça donne moins envie.

Ça avait été difficile pour Bruno de grandir avec Alexandre. Il était né chétif. Les amis de ses parents qui l'avaient vu enfant avaient peur qu'il meure. Reza disait : « On dirait qu'il va nous claquer entre les doigts. » Il riait. Esther savait qu'elle devait veiller sur lui. C'était l'enfant à protéger. Alors que son frère… un an de plus à peine et c'était toute la différence. Comme si Esther n'avait pas pu lui donner autant de force. Il devait se contenter des restes. De ce qu'il restait de force, d'amour et de temps à sa mère. Mais pour ce qui est du père, Alexandre avait tout pris. C'était le grand frère, le premier fils. Le père l'avait choisi. Juste parce qu'il était arrivé le premier, il avait eu un père. Alors que lui… Petit frère. Le malingre. Second frère. Second fils. Rien de nouveau. Surtout si frêle, si chétif. On a peur de le tenir. Sa mère lui disait : « Quand tu es né, tu étais si petit, on n'osait pas te toucher. Tu étais plus faible que ta sœur à la naissance. » Plus fragile qu'une fille. Alors qu'Alexandre, un poupon qu'on a envie de tripoter, qu'on a envie de voir grandir.

Bruno grandissait dans l'anxiété. Sa mère le regardait de côté. Elle le voyait grandir et c'est comme si elle se disait, il ne va pas tenir. Il ne va pas y arriver. Il va s'écrouler à un moment. Chaque jour passé était une victoire. On n'en attendait pas plus de lui. Juste vivre un jour de plus. S'il n'y était pas arrivé, on aurait dit : « Il était si frêle. Enfant déjà il était tout frêle. Il secouait sa tête pour s'endormir la nuit. Ça n'est pas normal, qu'est-ce que vous voulez. »

C'est ce qu'on aurait dit. On aurait dit: «Esther a toujours eu des problèmes avec celui-là.»

Et pourtant Bruno vivait. Il grandissait. Il se hissait comme il pouvait à côté de son frère. Il poussait dans son ombre et en silence.

Son père ne lui adressait jamais la parole. Trop occupé à admirer Alexandre, à le montrer. Il n'avait pas assez d'yeux, de bras, de mots pour en donner à Bruno. Esther faisait tout, elle essayait de tout faire. Elle avait sacrifié Alexandre pour s'occuper de Bruno. Mais jamais elle ne forçait Reza à s'occuper de son second fils. Elle se disait, il s'occupe déjà de l'autre et ça lui semblait inespéré. Elle ne voulait pas bousculer cet équilibre fragile, alors elle tenait Bruno tout contre elle, pour essayer de compenser.

Une fois, un soir, Bruno s'était séparé de cette étreinte. Il avait couru vers la pièce où son père soumettait des calculs à Alexandre. Bruno aussi voulait essayer. Il avait couru vers la pièce. Esther l'avait rattrapé. Elle voulait le protéger contre les cris de Reza, ses rires, ses moqueries. Elle l'avait rattrapé et elle avait entrouvert tout doucement la porte. Il avait le droit de regarder. Elle avait mis un doigt sur sa bouche en faisant «chut» et Bruno, les lèvres serrées, avait glissé son regard dans l'embrasure.

Il lui semblait qu'il avait vécu toute son enfance là, derrière cette porte entrouverte, dans le silence, retenant sa respiration et espérant que se tairaient un jour les cris d'admiration de son père et des adultes pour Alexandre.

Pourtant, il y a une période où le silence de Bruno s'arrête, où il commence à parler. La première fois, c'est venu innocemment, au détour d'une conversation. Il n'y a pas vraiment d'effet d'annonce. Il a juste demandé à son père s'ils étaient musulmans.

— Pourquoi ?

— Parce que sinon, je devrais me convertir.

Le père lui fait répéter. Naïf, il répond. Il a besoin de croire, de trouver un sens à la vie. Il veut aussi se rapprocher de leurs racines. « Quelles racines ? » demande le père. « Eh bien, mais l'Iran, papa », répond Bruno, interloqué par la question. C'est là que Reza explose. Les autres enfants se sont tus. Esther aussi. Le père n'aime pas qu'on parle de l'Iran. Et surtout pas de l'islam, qu'il a renié. De quel droit Bruno s'octroie-t-il ces racines, lui qui n'a jamais mis les pieds en Iran. Qu'il y aille, cet enfant fragile, et on verrait. « Nos racines ! »

Il se lève et jette ses bras en l'air en criant. Il dit qu'il s'est battu, qu'il a perdu sa jeunesse pour fuir l'Iran, pour ne pas avoir d'enfants en Iran, pour les soustraire à la misère. « Mais vas-y, mon fils, vas-y ! » Il s'époumone. « On leur donne la liberté, la sécurité, une vie qui m'a toujours été refusée, et il veut retourner à ses racines ! Mais va donc, mon fils, prouve que tu es un homme. »

Bruno n'est pas parti. Mais les semaines suivantes, en le croisant dans l'appartement, Reza lui lance des *salam* ; et au dîner, chaque soir, il lui demande : « Alors, toujours pas parti ? »

Quand on a vécu dans le silence, les moqueries sont délicieuses. Bruno s'en délecte. Il aurait tout fait pour ne pas retourner au monde du silence. Ridiculisé, humilié, moqué, infantilisé, oui. Ignoré, non. Il lui semble pour la première fois qu'il pousse cette porte entrouverte, et que, dans l'embrasure illuminée, enfin, il apparaît.

Alors il invente. C'est comme un jeu pour lui. Un défi. Il choisit des sujets qui tiennent à cœur au père. Il n'a pas le choix. C'est tout ce qu'il peut faire pour avoir un peu d'attention. Pour capter l'attention qui va à Alexandre. Pour séparer un peu le père de son fils. Et lui rappeler qu'il en a un second.

Bruno prépare le concours de médecine. Et il essuie les brimades de son père qui lui dit qu'il ne sera jamais sélectionné. Quand il est reçu, il refuse d'y aller. Et les semaines suivantes, ce sont les accusations de lâcheté qui pleuvent.

Il annonce ensuite qu'il veut faire Sciences-Po, le père s'en fout. Alors il continue un peu, sans trop savoir pourquoi. Et puis encore il abandonne. Ça fait réagir le père. Il a encore droit à quelques semaines d'attention. Il y a les autres concours, et les emplois, et les voitures, et les motos, et les filles aussi qu'il ramène à la maison et un soir un garçon, pour voir. Il aurait pu se lasser, mais il avait des années de silence à remplir.

Un jour pourtant, on ne sait pas ce qui se passe. On ne sait pas ce qui l'a déclenché. Ça fait des mois que Bruno n'a pas fait d'annonce. C'est peut-être ça. Un jour, le père est fatigué et il appelle Bruno. C'est lui qui a une annonce à faire cette fois. Il ne s'embarrasse pas de mots. Il dit juste « va-t'en ». Il ajoute des choses terribles qu'on ne doit pas dire à son enfant. Et il le vire. Et Bruno s'en va.

Ça aurait pu être une libération pour lui. Il ne pouvait pas prendre cette décision, il fallait que quelqu'un la prenne pour lui. Il fallait que son père lui dise « tu n'as plus rien à faire ici » pour qu'il voie soudain s'ouvrir des milliers d'autres chemins. Mais il n'a pas voulu les voir. Il a refermé la porte entrouverte.

C'est pour ça qu'aujourd'hui Bruno n'a pas envie. Il n'a pas envie d'aller chez ses parents pour s'asseoir en silence. Faire de la figuration. S'installer, manger, attendre qu'on l'autorise à partir. Il a mis ses chaussures pourtant. Il est prêt. Sa femme est dans la chambre. Elle lit. Elle attend. Elle attend qu'il dise « on y va ». Elle n'est pas pressée.

Bruno retourne la question dans sa tête. Est-ce qu'il doit y aller ? Il regarde au plafond, mais en plein jour les ovales colorés et transparents ont disparu.

Il se dit, Alexandre sera là. Et si je n'y vais pas, je serai encore le mauvais fils. Ils m'attendent. Il sait ce que ça signifie pour sa mère. Il a déjà entendu Esther dire qu'elle voudrait tous les réunir, que ça lui manquait. Elle voudrait voir ça encore une fois. Elle lui a dit « la dernière fois, c'était à ton mariage ». Ça n'est pas arrivé depuis. Être dans la même pièce ? Discuter ? S'écouter ? S'intéresser ? Impossible. Même pour être un bon fils. Même pour Esther.

Il n'y aura plus ces conversations. Il aimerait que la mère s'en rende compte. Prenne conscience que le premier fils aussi est responsable. Elle lui a demandé : « Qu'est-ce qu'il t'a dit au mariage ? » Il se taiera. La mère a conclu : « Ça devait être grave. Laisse-moi parler à ton frère. » Elle veut le protéger, le laisser derrière la porte entrouverte. « Dis-moi ce qu'il s'est passé et laisse-moi lui parler. » Il dit non. Il le garde en lui. Il ne le répétera jamais. Il sait qu'Alexandre ne l'avouera pas non plus. Que la mère n'osera pas lui demander. Mais elle a osé, des mois plus tard. Ça ne lui ressemble pas mais elle n'a pas laissé tomber. Elle a continué à dire : « Je lui parlerai. » Parfois elle disait : « Parle-lui toi, alors. » Et plus récemment, comme une prière, elle lui a dit : « Parlez-vous. »

Bruno est chez lui. Dehors la rue est calme. Regardez-le. Il est calme lui aussi. Il observe le plafond. Blanc. Pas de taches colorées. Sa femme est dans la chambre. Il attend le coup de fil de sa mère. Quand elle demandera où il est, dira « on vous attend », il expliquera qu'il pensait que c'était la semaine prochaine. Non, demain ! Que c'était demain. Dimanche. On fait toujours ça le dimanche d'habitude, non ?

11

Si La Romarine avait été ce qu'elle devait être, elle aurait été pleine de monde tout le temps. C'est arrivé. Avec les petits-enfants surtout. Au début.

Les premières fois, les enfants viennent pour voir s'ils aiment la maison, s'il y a de la place. Pour choisir leur chambre. Et ils se passent le mot. Entre frères et sœurs, ils disent « c'est une belle maison ». Ils disent « il y a de la place ».

Mais ils ne font que poser leurs valises. La famille est une corvée à supporter pour pouvoir profiter de la maison. Ils arrivent, ils posent leurs valises, ils choisissent leur chambre. Ils déjeunent avec Esther le premier jour. Le premier soir, ils dînent. Et puis moins. Ils prennent des pique-niques pour la plage. Ils partent le matin très tôt, avant qu'elle soit levée. Elle trouve un mot sur la table de la cuisine. Au mieux, le mot dit : *De retour pour le dîner*. Parfois : *Ne nous attends pas*. Ne nous attends pas. Alors que c'est tout ce qu'elle fait. Les attendre.

Ils ne viennent jamais tous ensemble. Ils viennent par groupe. Un frère et une sœur. Il y a un roulement.

Ils doivent en parler entre eux. Se mettre d'accord. Esther n'est pas dans ces conversations. Elle sait qu'ils s'arrangent pour que chacun ait son espace. Son moment. Il faut se partager la maison. Le partage, pour eux, c'est une division. C'est « toi tu prends ça et moi je prends ça ». Ça n'est pas des matelas dans le salon et des enfants qui s'endorment sur les canapés les uns sur les autres. Il n'y a jamais de fêtes dans cette maison. Ni Noël, ni anniversaire, ni 14-Juillet. Ça ne s'est jamais fait. Ça reste à Paris.

Ils ne savent pas être ensemble. Il faut pouvoir s'enfuir. Rentrer chez soi. Ils ont peur de rester les uns avec les autres. D'avoir envie de parler. D'être tellement oisifs qu'ils se mettraient à se dire les choses qu'ils ne se sont jamais dites, avachis sur la terrasse, avec la lune qui se lève de la mer devant eux. La lune jaune comme un soleil dessiné par un enfant. Amollis, enivrés, peut-être qu'ils pourraient se parler. Cette éventualité les effraie.

C'est ça qui ronge la famille. Cet évitement. Cet évitement pour garder les non-dits non dits. Il vaut mieux ne pas rester trop longtemps ensemble, sinon ça va sortir. C'est inévitable. Alors on s'évite. Ils vivent les yeux baissés. Jamais de vrais regards échangés entre les frères et les sœurs. Non plus avec la mère et le père. Regards en coin. Regards animaux. D'animaux qui se tournent autour. La trêve autour du point d'eau le soir. La trêve autour de la maison l'été. Ça peut se passer en un regard. Ils ont peur. C'est une peur de leur sang. Une peur des énervements formidables qui suivent les confidences et les espoirs.

La maison ne peut pas résoudre le silence. Elle le confirme. Elle le construit. Ce n'est pas un point d'attache. Un point de rendez-vous. C'est une manifestation du silence. C'est toute la violence de la famille qui s'accepte entre ses murs. Qui remplit la maison. Un isolement total du monde où la famille n'a plus à faire semblant.

Esther pensait, ce n'est pas si mal. Au moins, ils se parlent. Tout le monde n'est pas là. Mais certains oui. Et ils se parlent. Elle s'en contente. Qu'est-ce qu'elle peut faire d'autre ? Elle regarde ses enfants présents. Ils sont là quelques jours ensemble quand les emplois du temps se chevauchent. Quand on ne peut pas faire autrement. Esther voit ses enfants qui tournent en cage. Ce n'est pas la maison la cage. La cage c'est la famille. La corvée. L'inévitable captivité à laquelle les enfants se soumettent. Ils sont ensemble *malgré*. Il n'y a pas de désir d'être ensemble, la maison les maintient les uns contre les autres. Les comprime. Les confine. Ils viennent en baissant la tête. En baissant les yeux. Ils ne viennent pas pour Esther. Ils viennent pour le soleil et la mer et la plage. Être ensemble, c'est le prix à payer. Il faut *faire avec*.

C'est une scène d'été. Esther est sur la terrasse. Entre les falaises, la mer est un triangle bleu étincelant. Le ciel est infini. Un aplat immaculément bleu. Peint par-dessus la mer. Il y a le bruit assourdissant des cigales, le bruit des branches légères qui craquent dans la chaleur, le bruit des vagues au loin qu'on n'entend pas, qui se devine, comme toile de fond des autres bruits.

Les derniers enfants viennent de partir. C'est la fin du mois d'août. Reza fait sa valise. Il s'en va aussi. Esther a dit qu'elle voulait rester encore un peu. Peut-être tout le mois de septembre. Reza n'a rien dit. Sauf « d'accord ». Il a dit d'accord. Elle reste.

Au début, elle a un peu peur. La maison est isolée. La nuit, on est plongé dans la noirceur et les frémissements inquiétants des buissons de romarin et des criquets. Elle a peur d'avoir peur. Elle n'est jamais restée seule ici. Il y avait toujours au moins Reza. Elle restait seule parfois la journée, mais elle n'avait jamais passé une nuit seule. Pas une nuit sans qu'elle se dise que quelqu'un allait rentrer. Même tard, il y aurait quelqu'un.

Ce qui l'effraie le plus, ce sont les orages. Parce que l'électricité saute. Parce que les lignes téléphoniques sont coupées. Et il faut attendre des jours pour que vienne EDF. Elle a des bougies partout au cas où. Des briquets dans toutes les tables de nuit, sur la table de la salle à manger, celle de la cuisine, celle du salon. C'est ce qu'elle fait avant d'aller se coucher. Elle vérifie qu'il y a un briquet dans chaque pièce. Les bougies sont en place. Prêtes dans des chandeliers pour qu'on n'ait pas à les chercher.

Reza s'en va. Et Esther passe une première nuit terrible. Elle a allumé quelques bougies pour la nuit. Pour ne pas être surprise. Au cas où. Mais les bougies donnent à la maison un air lugubre. Les ombres s'étendent sur les murs, font grossir les fauteuils, les tables, les livres sur les étagères. Les scènes de chasse sur les tapis persans envahissent le sol. Les chiens ont la gueule plus rouge. Les chasseurs deviennent guerriers, et leur regard menaçant. Esther a allumé les bougies. Puis elle les éteint les unes après les autres. Elle préfère le noir aux ombres. Elle éteint toutes les bougies et prend une lampe de poche.

Elle s'endort d'un sommeil fiévreux. Elle croit entendre des bruits. Elle se redresse dans son lit. Elle ouvre les yeux, essaie de voir dans le noir. Dans le noir sans ombre. Dans le noir, elle se devine, les yeux écarquillés. La bouche ouverte et le souffle court. Les cheveux mal peignés. Le regard inquiet qui fouille la nuit. Les mains crispées sur la lampe de poche. À demi assise dans son lit, glacée par la peur et le noir aveugle devant elle.

Elle se devine et ce qu'elle voit l'épouvante. Plus encore que les ombres molles créées par les bougies. Plus encore que la possibilité d'un étranger. La certitude d'elle-même. Cette vision qui matérialise le futur qu'elle refuse de voir. Mais ce soir, dans le noir absolu de sa chambre, sa lampe de poche à la main, le futur se présente à elle. Obligatoire. Définitif. Elle voit ce qu'elle sera. Une vieille dame seule et aveugle, cherchant comme une folle à donner un sens à ce noir. Le forçant à se dissiper.

Elle reste comme ça jusqu'au matin. Jusqu'à ce que la lumière lui rende son corps. Jusqu'à ce que la lumière la ramène au présent. Et plus la lumière croît, plus ses paupières se baissent sur ses yeux secs. Se baissent et se ferment sur le futur indicible.

Elle se réveille des heures plus tard. Le soleil a envahi toute la maison. Il entre dans sa chambre à travers les stores en grandes rayures brûlantes. Toute la chambre est un tigre géant. Dehors les cigales grésillent fort. Dans la fatigue et la chaleur de la chambre, tout l'air bruisse à ses oreilles. Elle entend les guêpes qui veulent entrer se mettre au frais, se cognent contre les volets. Son corps se réchauffe sous les rayures onduleuses du soleil. Elle se laisse fondre dans la chaleur. Elle la laisse aussi faire fondre le noir et l'épouvante de la nuit passée.

Un bruit sur les volets la tire de sa torpeur. En bas, quelqu'un frappe des coups timides sur le bois peint. Elle s'habille. Elle descend. Elle se dit qu'elle serait morte de peur si quelqu'un avait frappé sur ses volets comme ça dans une nuit comme hier. Mais avec le soleil et les cigales qui chantent, elle n'a plus peur. Au contraire, elle a l'impression qu'on vient la libérer. L'emmener loin de l'épouvante de la nuit.

Elle enfile une chemise de coton. C'est une chemise de Vanessa. Qui l'a oubliée. Esther ouvre les volets et comme aujourd'hui dans l'appartement parisien, le soleil s'engouffre comme un malpropre dans le salon. Il l'éclabousse. Ses yeux se plissent pour éviter les gouttes de lumière.

Devant elle se tient un homme à contre-jour. C'est lui qui frappait à la porte. Elle ne voit pas son visage. Elle se décale un peu pour éviter le soleil. Il fait un pas aussi pour qu'elle voie mieux. Ça commence comme une danse.

Elle ne sait plus ce qu'il a dit. Quelle était sa raison d'être là.

Il a un air confiant. Les mains dans les poches. Il porte un pantalon blanc. Elle n'a plus l'habitude qu'on la regarde, mais elle sent que cet homme la regarde. Elle retrouve ce sentiment. Plus chaud que la chaleur du dehors. L'homme au pantalon blanc se découpe en noir sur la lueur du ciel. Une ombre chinoise immense.

Derrière lui, toute la nature semble s'éveiller d'un long sommeil. Le soleil, de ses doigts innocents, éveille chaque chose. L'odeur sucrée des figues et l'odeur amère de l'herbe brûlée et celle poudrée des mimosas se rencontrent, se mêlent en un parfum nouveau. La mer, polie comme un bouclier d'argent, frémit. Dans le bruissement timide des insectes encore somnolents, tout l'orchestre de la nature s'accorde pour jouer une harmonie ancestrale. Une mélodie qu'elle avait oubliée. Qu'elle a dû éprouver. Son corps s'en souvient, la reconnaît.

Les yeux d'Esther semblent s'ouvrir une seconde

fois. Son corps s'emplit de chaleur, de parfums, de couleurs. Elle s'éveille à nouveau, d'un sommeil plus long que celui d'une nuit. Un réveil qui est une promesse de la nature à son corps et de son corps à son cœur. La promesse d'une joie à venir. La joie pure d'aimer et d'être aimée. Dans la nature jaune, elle peut la saisir, la cueillir comme une figue mûre et la porter à sa bouche et laisser les jus infusés de soleil couler sur ses lèvres, sur son menton et emplir tout son être. Et ainsi sa chair et son cœur et toute la nature se répondent

Elle a, à ce moment, l'intuition de l'amour. Que quelque chose pourrait se passer. Une force profonde se soulève en elle. Lui fait tourner la tête. L'enhardit. Il n'y a plus au monde, à présent, que le jaune boursouflé des buissons de mimosa et le jaune cinglant du soleil et le jaune fumant de toute la nature tremblante, qui se détache autour de l'ombre noire de l'homme. Et c'est comme une porte ouverte sur cette nature brûlante, sur l'inconnu. Esther s'avance. Elle se donne ce droit.

L'homme au pantalon blanc s'appelle Lawrence. Il est anglais. Il est professeur de littérature en Angleterre. Pas à Londres. Ailleurs. Une petite ville. Il s'est blessé en ramassant des oursins et un de ses ongles a pris une teinte pourpre. Il habite dans la maison des voisins. C'est un ami à eux. Il est là pour le mois de septembre. Esther ne connaît pas vraiment ses voisins, ils ne sont pas là depuis longtemps.

Ils ont fait construire une piscine. Il y a eu des travaux pendant des mois.

Ils ont toujours des enfants chez eux. Elle les entend dîner le soir au bord de la piscine. Elle entend les éclats de voix et les rires. Des voix d'enfants et d'adultes qui se mêlent. Les voix d'une famille. Ils font du bruit l'été. Elle les entend quand elle est seule. Quand elle attend que ses enfants rentrent. Quand ils sont partis dîner dehors. Quand ils lui ont dit de ne pas les attendre. Elle écoute le bruit des voisins au bord de la piscine. Elle ne leur en veut pas. Elle ferait la même chose si elle avait une piscine.

Esther ne dort plus jamais seule après cette nuit-là. Elle dort chez Lawrence. Elle dort chez ses voisins. La journée, elle la passe au soleil. Dans le jaune de la nature, dans le bleu du ciel et de la piscine. Ils ne vont pas à la mer. Elle ne veut voir personne. Elle veut être nue au soleil. Elle reste des heures nue sur la terrasse de ses voisins. Et sa peau dore sous le soleil ardent. Elle se fripe un peu plus en brunissant. Elle ne dort plus jamais seule dans le noir. Elle ne dort plus jamais dans le noir. Elle demande qu'ils dorment fenêtres ouvertes. Que les fenêtres soient toujours ouvertes même la nuit.

Elle a plus de soixante ans. Sous la peau, le corps commence à se décharner. Elle met des robes d'été parce qu'il fait chaud. Elle est consciente de sa maigreur. Des veines dessinées tout au long de son corps comme les fleuves sur une carte géographique. Elle met des robes quand même. Dans la maison, elle a surtout des vieilles robes. Des robes de sa jeunesse. Des robes démodées. Des robes qu'elle ne mettrait jamais à Paris. Les robes flottent sur son corps maigre. On voit les bras, les jambes, le décolleté plat et vide. Ça pourrait porter à rire. Elle a peur que Lawrence se moque, mais il ne rit pas. Comme elle a cette maigreur, la maigreur juvénile des adolescentes, les robes lui vont. Elles tombent bien. Personne ne rit. La plupart sont décolletées, et elle montre sa peau de vieille, sa peau fripée au soleil, aux yeux de Lawrence. Elle quitte ses bijoux de dame. Les bijoux en or que Reza lui a offerts. Elle les range dans une boîte qu'elle laisse dans le placard de sa chambre. À la place, elle porte des petites bagues en argent toutes simples. À son poignet trois joncs torsadés, marron et crème, qui se nouent en une tresse. Elle ne porte pas de collier.

Elle ne se dit pas « j'ai un amant ». Elle ne donne pas de nom à cet amour. C'est un amour qui se nourrit de sensations. Qui se nourrit de cet appel du premier jour. De ce besoin irrésistible d'écouter la nature. Sa nature. C'est une expérimentation. Le regard de Lawrence sur elle. Le regard sur le décolleté fripé et les taches de soleil. Le regard sur ses chevilles blanches et bleues de veines. Le regard sur ses bras chétifs. Elle vérifie. Elle pousse. Elle veut savoir. Elle veut être sûre que le regard est sincère.

Elle met des robes plus courtes, plus décolletées. Elle reste plus longtemps nue sur le lit des voisins l'après-midi. Elle reste nue sur la terrasse aussi.

Elle abandonne son corps au soleil. Elle abandonne son corps aux baisers de Lawrence. Elle plonge son corps dans l'eau fraîche de la piscine quand elle se lève tôt le matin. Son corps à elle à nouveau. Elle l'avait oublié. Elle l'avait ignoré. Elle le montre. Elle l'expose. Elle le force aux yeux de Lawrence. Elle le force sous ses mains aussi. Et il le prend. Il le rend palpable. Visible. Existant. Il lui dit : « Parle-moi de toi. » Elle ne répond pas. Elle ne dit pas « je ne peux pas ». Elle l'embrasse. Contre le silence, elle lance son corps. Son corps épuisé qui renaît.

Dans la famille, il n'y a pas d'affection. On ne sait pas se toucher. Le corps est absent, aussi absent que les espoirs. La même peur de décevoir. La même peur du rejet, de l'énervement formidable si on s'approche trop. Chacun doit rester en soi. Se maîtriser. Ne pas donner aux autres la responsabilité de s'aimer. Ne pas faire des autres la raison de s'aimer. Les frères et les sœurs, le père, la mère vivent dans la gêne de ces corps dont ils ne savent pas quoi faire. L'embarras des bras qui veulent s'élancer parfois. Qu'il faut contraindre. Qui ne sauraient pas où se poser.

Dans la famille, on se frôle. On s'évite. Le toucher est une faiblesse. La caresse, comme la parole, est un opprobre. Elle est dégradante. Elle est naïve. Elle est un mouvement de confiance. Elle est une demande et la demande fait peur. Parce que après la demande il peut y avoir le non. Après tout élan peut venir le rejet. Après toute gentillesse, l'évitement. Et si cela vient d'un membre de la famille, alors le rejet est double.

Dans ce nouvel amour, Esther laisse son corps parler. Elle le laisse emporter ses émotions. Son corps gonfle comme un fleuve et le courant s'accélère. Il gonfle de l'odeur des mimosas et des lavandes, des bruissements des cigales, des bourdonnements des guêpes, des sifflements des criquets la nuit, des aiguilles de pin sèches qui craquent sous leurs pas, de l'odeur de chlore de la piscine, du bruit inaudible de la mer, du bleu infini du ciel, du jaune mouvant de la nature autour. Il absorbe tout. Il charrie tout. Il gonfle aussi de son propre désir, du silence en elle, de la tendresse et des mouvements de ses bras, de ses mains, de ses jambes, de la brûlure du soleil sur son visage. Il gonfle et se déverse sur Lawrence. Égoïste, il le noie. Il l'inonde. Elle ne parle pas et pourtant son corps crie. Tout son corps crie. Et les lames de fond de ce cri viennent se fracasser contre des années entières sans paroles. Il n'y a toujours pas de mots. Il n'y a que ce cri assourdissant, indéterminé, profond, constant, comme le bruit inlassable d'une cascade.

Quand il lui dit : « Parle », elle n'y arrive pas. Elle ne peut pas. Elle n'a jamais pu. Elle lui dit : « Toi, parle. » Lui parle facilement. Il parle des petites et des grandes choses. Il lui raconte comment il ramasse des oursins. Il lui montre son ongle pourpre qui se rapproche du bout de son doigt. Il dit qu'il faut faire attention quand on les attrape. Qu'il faut être délicat. Il explique encore des choses. Mais elle a cessé d'écouter. Elle regarde cet ongle rose puis bleu-noir puis rose encore au bout. Elle regarde cet ongle et se dit, voilà notre amour. Il est comme cet ongle. Il avance. On peut le suivre. Pour l'instant il est là. Et un jour, il disparaîtra. Quand le sang noir sera arrivé à la falaise de l'ongle. Au bout du blanc de l'ongle, un jour il le coupera. Et il ne restera rien de l'ongle noir. Aucune trace. Aucune cicatrice. À la poubelle l'ongle bleu-noir. Et à la place un nouvel ongle rose. Neuf et jeune et vierge et frais, comme si rien ne lui était arrivé.

Peut-être, quand il se rendra l'année prochaine à la pêche aux oursins, quelque chose au fond de lui, un doute lui rappellera l'ongle bleu-noir. Une réminiscence du moment. Un apprentissage. Quelque chose de familier remuera en lui. Mais sans certitude.

Il en sera pareil de cet amour. Il passera sans laisser de trace. Sans même laisser une petite douleur. Il sera remplacé dans le temps. Effacé par le temps. Et des années plus tard, il n'y aura aucune certitude qu'il ait vraiment existé. Ça ne la rend pas triste. Elle l'écoute. Elle vit cet amour bleu-noir entre les deux couches de rose. Cette petite lune sombre qui prendra de moins en moins de place. Qui décroîtra au milieu du ciel rose de son ongle et de sa main sur son corps à elle. Ça ne lui manquera pas. L'amour pourra disparaître. Son corps à elle restera.

Lawrence parle. Il dit qu'il s'ennuie. Il dit qu'il essaie d'écrire un livre mais que ça ne vient pas. Il écrit sur la littérature. Pas *de* la littérature. *Sur* la littérature. Il écrit sur ce que les autres ont écrit. Il parle, mais Esther n'écoute pas. Elle ne sait pas plus écouter qu'elle ne sait parler. Elle est nue, allongée, regarde le plafond, le ciel bleu dehors, la nature jaune en dessous. Elle n'écoute pas ce qu'il dit. Il le sent. Il arrête de parler. Il ne se vexe pas. Elle écoute autre chose. Elle écoute le bouillonnement de son corps. Le bouillonnement interne de ce fleuve.

Parfois, il la compare à d'autres femmes. Il lui dit qu'elle est différente. Évidemment. On se dit toujours ça. Il se dit que ça doit être de l'amour. Qu'est-ce que ça pourrait être d'autre. Il lui demande : « C'est de l'amour ? » Elle ne répond pas. Il dit « j'ai l'impression de t'avoir toujours connue ». On dit souvent aux gens dont on tombe amoureux « c'est comme si je t'avais toujours connu ». Parce qu'on est surpris de ressentir ça. Un étranger qui devient familier aussi vite, c'est surprenant. C'est inoubliable. C'est choquant même. Alors ça ne peut être que de l'amour. L'étranger qui est familier. L'étranger qui comprend qui on est. L'étranger qu'on comprend, sans chercher, alors qu'il n'a pas le même sang. Alors que ceux qui ont le même sang sont si loin. Et si étrangers. L'évidence de l'autre si immédiate. Ça ne peut être que de l'amour.

Il aime parler. Et il parle de l'après. Elle ne répond rien. Il demande : « Qu'est-ce qu'on fait après ? » Il demande s'ils se reverront, il dit qu'il peut revenir. Il dit qu'il peut être là souvent. Elle aussi, non ? Elle ne répond rien. Elle ne veut pas de futur. Elle pourrait pourtant. Elle pourrait venir ici plus souvent.

Ça lui a passé. Au bout de quelques semaines. Elle a commencé à se rhabiller. Elle en a eu assez du soleil. Assez de la piscine. Assez des mains de Lawrence aussi, qui l'exaspèrent. Des mains qui se fourrent partout. Un jour, ça la lasse. Ça vient presque d'un coup. Ça l'ennuie. C'est un ensemble de choses. Lawrence déjà. Parce qu'il ne veut pas qu'elle l'oublie. Parce qu'il veut qu'ils se revoient. Et quand elle dit non, il se met à crier. Elle n'a jamais inspiré de passion comme ça. Elle ne sait pas comment répondre. Alors elle ne dit rien. Il lui dit : « Tu ne dis rien comme toujours. Tu ne dis jamais rien ! » Il crie et elle tremble. Pas de peur. De froid. D'un froid qui vient d'elle. Une froideur qui lutte contre la chaleur du soleil. Qui avait fondu sous le soleil, dans la piscine, entre les mains de Lawrence. Mais qui revient. Et qui la fait trembler de l'intérieur. Elle se sent ébranlée. Elle se sent impuissante. Face aux cris, elle ne peut rien dire. Et oui, il a raison, elle ne sait jamais quoi dire. Des années sans parler. Des années sans crier. Mais avec lui c'est tout son corps qui a crié. Qui a crié tout ce qu'il avait à dire. Et qui retombe dans le silence.

Et ce silence est celui d'avant Lawrence. Celui de sa famille. Le sien. Elle s'est étourdie des cris de son corps, du roulis du fleuve de son corps qui gonfle. Et après le vertige vient la nausée. Pas un dégoût, mais un ennui. Un ennui comme une chaleur d'orage qui pèse, lourde et basse, sur le temps. Elle veut retrouver le silence. Les cris l'abrutissent. Le bruit sourd de la cascade l'éreinte.

Elle lui dit « ce n'est pas mon histoire ». C'est tout ce qu'elle peut dire. Elle sait que son histoire est ailleurs. Derrière sa tapisserie, à tisser tous ensemble les petits nœuds qui resserrent la famille. Les uns forcés contre les autres. Comprimés dans la cage.

Après Lawrence, Esther viendra moins à La Romarine. Elle restera à Paris. Elle la prêtera aux enfants. Parfois elle viendra un peu. Elle dira qu'il fait trop chaud ici en été.

Elle l'oubliera. Elle se dira, je l'oublie. Elle n'a rien pour se souvenir de lui. À part le bracelet en bois tressé, marron et crème. Les filles n'ont jamais voulu porter les robes. Alors elle les a données, pour être sûre de ne plus jamais les remettre.

12

Encore une sonnerie. Pas celle du téléphone. Cette fois, c'est la porte d'entrée. Esther ouvre les yeux. Le soleil l'éblouit. Elle se retourne vers l'ombre. Derrière elle, la salle à manger est toujours jaune. Elle se lève. Impatiente, la sonnette retentit encore. Elle ouvre la porte. C'est Carole. Sa fille aînée se précipite dans la pièce, bouscule presque Esther qui se retrouve alors face au vide du palier. Carole est seule. Esther demande où sont les enfants. Carole dit : « J'en avais marre de les attendre, Bernard s'en occupe. » C'est son mari. Elle ajoute : « Pour une fois qu'il fait quelque chose. »

Esther est appuyée contre le montant de la porte. Elle s'est levée trop vite. Sa tête tourne encore plus que tout à l'heure. Carole s'évente avec sa main. Elle se dirige vers les fenêtres, les ferme les unes après les autres. Ça résonne dans la tête d'Esther. Elle dit à sa fille : « Tu m'embrasses ? » Un moment de faiblesse. Une demande. Esther se sent faible. Elle en a besoin. Elle ose. Carole est surprise. Elle s'approche de sa mère. Paupières baissées, elle pose un baiser furtif, froid, du bout des lèvres sur sa joue. À peine un frôlement.

Carole ferme les deux dernières fenêtres et tire les stores par-dessus. Elle s'arrête. Elle remarque la table sur la terrasse. Les chaises blanches autour. Elle se retourne vers sa mère. Esther est toujours appuyée contre le mur. Elle masse sa nuque, les yeux baissés vers le sol.

Carole se met à crier : « Tu veux nous faire manger dehors ? Il fait mille degrés ! Il est hors de question de manger dehors ! Mais quelle idée ? On va bouillir ! Tu veux nous tuer ! » Elle parle en s'agitant. Enlève la veste de coton léger qu'elle porte. Elle se dirige vers la terrasse. Esther la suit des yeux. Clouée au mur qui la soutient, elle ne peut pas faire un mouvement. Elle entend Carole empiler les assiettes, regrouper les couverts. Carole repasse devant la mère avec, dans ses mains, les couverts dans les assiettes. Elle pose le tout sur la table de la salle à manger. En passant, elle dit encore des choses sur la chaleur. Et que la mère est folle. Esther s'approche de la terrasse. Elle pose la main sur la dernière fenêtre ouverte. Carole est de retour. Elle passe à côté d'elle avec précipitation. À nouveau, elle manque de la bousculer. Esther voit sa table se déliter sous ses yeux. Les petites mains de Carole, efficaces et minutieuses, défont avec précision ce qu'Esther avait assemblé. Jusqu'à l'harmonie des chaises, que Carole a brisée en se frayant un chemin autour de la table.

Les serviettes gisent sur la table comme des oiseaux abattus en plein vol. Le bruit des verres qu'elle empile retentit dans le crâne d'Esther. Ça fait vibrer la pierre plate qui s'enfonce avec la persistance d'un marteau-piqueur. Carole grogne toujours. Elle est choquée que la mère puisse les faire manger dehors. Elle n'a donc pas pensé aux enfants ? Carole s'agite. Tourbillonne. Elle passe et repasse devant Esther. Des verres à la main. Les cadavres de serviettes sur le bras. Esther est toujours appuyée contre le montant de la fenêtre. Le soleil lui brûle les jambes. Elle voit Carole tendre son bras par-dessus la table pour attraper un des petits bouquets de fleurs. Et puis elle ne voit plus rien.

« Maman ! Maman ! »

Esther est assise sur le sol du salon. Sous ses doigts, elle sent la laine un peu rugueuse du tapis. Carole au-dessus d'elle. Elle a les mains mouillées. Elle les passe sur le visage de la mère. Esther ouvre doucement les yeux, éblouie par la lumière qui vient de l'extérieur. L'ombre de Reza se découpe sur le rectangle blanc de soleil. Il a un verre à la main.

Carole arrache le verre au père. Elle l'approche du visage de la mère. Esther perçoit le chuchotement excité des bulles. « Bois », dit Carole en inclinant le verre sur les lèvres. Esther prend le verre à deux mains, comme un enfant avec un bol de chocolat chaud trop lourd. Elle boit le liquide amer, pétillant.

Elle tousse. Carole lui passe la main dans les cheveux. Carole n'a jamais fait ça. Esther sourit.

« Et tu voulais nous faire manger dehors ! Il doit faire cinquante degrés sur cette terrasse ! Tu reprends des couleurs, ça va mieux. Tu nous as fait peur ! Qu'est-ce qu'elle a, papa ? Elle est fatiguée en ce moment ? Faudrait lui donner des vitamines. Un petit supplément de vitamine C ou de magnésium, ça fait jamais de mal. »

Carole est médecin. Elle aime le rappeler à Reza. C'est elle qui est devenue médecin. Pas ses fils. Pas son premier fils, ni le second. Elle. Elle se retourne vers Esther. « Tu as pas mal à la poitrine ? C'est pas comme l'autre fois ? »

L'autre fois, c'est Vanessa qui l'avait appelée. C'est la fin de l'après-midi, Carole est encore au cabinet. Elle est jeune médecin et elle fait des remplacements pour Reza quand il est en visite ou en congrès. Il fait froid. Il fait froid dans le cabinet aussi. Carole se frotte les mains. Elle porte un gros pull sous sa blouse blanche. Dans la salle d'attente, les vitres sont embuées. Les patients gardent leur manteau. Certains gardent leurs gants.

La dernière patiente vient de partir. Carole écrit un mot qu'elle laisse sur le bureau de son père. *Achète un radiateur pour la salle d'attente.* En majuscules. Carole est en train d'enlever sa blouse quand le téléphone sonne. Elle hésite à décrocher et continue de déboutonner sa blouse. Deuxième sonnerie. Elle prend son manteau sur le porte-manteau. Troisième sonnerie. Elle décroche en soupirant. Elle n'a pas le temps de porter le téléphone à son oreille. Elle entend les sanglots de sa sœur. Vanessa pleure. Crie. Carole essaie de comprendre. Elle ne comprend rien. Elle a peur. Elle comprend « infarctus » et « hôpital ». Maman. Elle dit à Vanessa : « J'arrive. »

Le cabinet se trouve dans la même rue que l'appartement. À quelques numéros. Quand elle arrive chez ses parents, la porte est ouverte. Vanessa est en boule sur le tapis de l'entrée. Le plafonnier est allumé. Derrière elle, tout l'appartement est noir. Ses épaules convulsent. Elle cache son visage dans ses mains. Des plaintes mouillées et des cris filent entre ses doigts. Carole fond sur elle. Elle la relève, essuie les larmes chaudes et les larmes sèches sur ses joues. Elle lui dit : « Reste là », et revient avec un verre d'eau. Vanessa pleure toujours. Des pleurs de nouveau-né. Des vagissements. Quelque chose d'animal. Quelque chose que Carole n'a jamais entendu. Carole dit : « Bois. » Vanessa boit. Les cris se taisent. Pendant quelques secondes, elles restent assises sur le tapis, entre les fleurs et les oiseaux, respirant au rythme des gorgées bruyantes de Vanessa. Elle regarde sa sœur. « Tu trembles ? » Carole hausse les épaules. Fait non de la tête. Elle a oublié son manteau au cabinet. Vanessa tire vers elle une couverture pliée sur une chaise. Elle la secoue pour la déplier et la tend à sa sœur. Carole la met sur ses épaules et dit : « On y va. »

Dans la voiture, Carole allume le chauffage. Vanessa, la tête contre la vitre, gratte la buée du bout de l'ongle. Carole sent que Vanessa veut parler. C'est elle la grande sœur. C'est elle qui devrait commencer. Elle devrait la rassurer, lui demander comment elle se sent. Elle veut parler d'artères, de sang, de tension. Elle veut parler d'opération, de pacemaker. Mais aucune d'elles ne parle. Carole essuie la buée du pare-brise à la main et démarre. Les deux sœurs s'enfoncent en silence dans Paris aux lumières orange.

À l'hôpital, il y a Reza. Assis sur un banc, le dos courbé, les avant-bras sur les genoux, il regarde dans le vide. Carole s'assied à côté de lui. Elle veut lui mettre la main sur l'épaule mais sa main a du mal à s'attarder, et elle lui donne des petites tapes sur le dos à la place. Il sursaute, la regarde et son regard se fixe sur ses pupilles. Il veut parler lui aussi. Et lui aussi de sang et d'artères. Mais pas devant Vanessa.

« Tu ne veux pas aller lui chercher un café ? » suggère Carole à sa sœur, qui s'est blottie contre son père, de l'autre côté du banc. Vanessa décolle son oreille du bras de Reza et regarde sa sœur, incrédule. Carole sait qu'elle est cruelle, que sa petite sœur a besoin de la chaleur de son père à ce moment-là. Elle la revoit sur le sol, dans l'entrée, recroquevillée.

Elle s'est enroulée autour du bras de son père pour sentir sa chaleur rassurante, et Carole, à coups de scalpel, l'en sépare. Elle l'envoie seule dans les couloirs de l'hôpital. Elle insiste : « Il en a vraiment besoin. » Vanessa s'arrache à lui sans comprendre, les yeux rivés sur ceux de Carole, guidée par une force contre laquelle elle n'a pas le courage de lutter. Elle tourne au coin et disparaît dans les couloirs infinis à la recherche de la machine à café.

Immédiatement, Carole se tourne vers son père et le pousse du coude. Impossible de faire un geste plus doux. Elle ne veut pas craquer. Elle ne veut pas le voir craquer. Elle le pousse du coude et dit : « Alors ? » Elle demande des détails médicaux. Reza ne répond pas.

Elle le pousse encore.

— Papa, alors ?

— C'est un infarctus. Je n'ai rien vu. J'étais dans le salon, au téléphone avec Hamid. Il a des ennuis d'argent, tu sais. On parlait et j'ai entendu un bruit. Un truc qui tombe par terre. J'ai pensé qu'un des tapis s'était décroché du mur. Esther et moi on en avait accroché un nouveau…

Au nom d'Esther, sa voix se brise. Sa tête tombe dans ses mains. Et il se met à faire les mêmes bruits que Vanessa. Carole lui prend le coude. « Papa, papa, les médecins disent quoi ? » Elle n'a jamais vu son père s'effondrer. Elle ne sait pas comment réagir. Elle baisse les yeux comme chaque fois que la tendresse se dresse devant eux. Pour l'esquiver.

Parce qu'elle ne veut pas sombrer. Parce qu'elle sent que la tendresse va l'engloutir avec son père et qu'elle ne veut pas couler. Il faut que quelqu'un reste la tête froide. Froide. Hors de l'eau. Pour comprendre. Pour savoir.

« Je ne sais pas. Ils disent infarctus. Ils disent qu'elle a soixante-quatre ans. Je ne sais pas », dit Reza. Il fait une pause. « Tu sais, ta mère pour moi c'est avant tout une femme. Ma femme. Pour moi, elle a toujours été un objet de désir. J'aime ses gestes, j'aime la voir nue, la toucher, l'embrasser. Là, je la vois… Je reviens dans le salon et je la vois. Étalée sur le sol. Les lèvres bleues. »

Carole pose sa main sur son genou. Légèrement. Le moins possible. C'est tout ce qu'elle peut faire sans sombrer elle aussi. Elle regarde le carrelage de l'hôpital.

Elle répète « respire, respire », à son père comme à elle-même.

« Les médecins ont dit que je lui avais cassé trois côtes. Je lui ai tapé dessus. Sur sa poitrine. J'ai tapé dessus avec mon poing. J'ai pas arrêté. Jusqu'à ce que les pompiers arrivent. Elle avait les lèvres bleues ! Carole ! Carole, oh, elle n'avait plus de pouls. Elle ne respirait plus. »

Carole s'entend respirer de plus en plus fort. Ses mains fourmillent. Elle se dit, trop d'oxygène, je prends trop d'oxygène, il faut que je respire normalement.

« Quand les pompiers sont arrivés, ils m'ont mis sur le côté. Je ne pouvais plus la voir. Mais elle ne bougeait plus. C'était eux qui la faisaient bouger. »

Puis Reza se tourne vers Carole. Ce n'est plus du chagrin qu'elle voit dans ses yeux, mais de la peur, des larmes de peur.

— Je ne pourrai pas, je ne pourrai pas, il se met à répéter. Je ne pourrai pas. C'est impossible.

— De quoi tu parles ? Ça va aller. Qu'est-ce que tu ne pourras pas ?

Leurs phrases se mêlent, s'entrechoquent. Reza la fixe avec des yeux de fou, il agite la tête de droite à gauche, il dit non frénétiquement. « Non, non je ne pourrai pas. » Carole se met à le secouer. « Papa calme-toi ! » Elle veut l'empêcher de sombrer. Elle le sent partir. Partir dans un endroit où elle ne veut pas le rejoindre. Elle résiste. Elle entend sa propre voix s'élever dans les couloirs de l'hôpital. Elle entend sa fermeté. Elle entend sa panique monter aussi. Et sa voix qui tremble. Et le père qui dit toujours non.

C'est à ce moment-là que Vanessa revient. Elle porte un plateau en plastique rouge avec trois gobelets fumants et des Mars. Elle pose le plateau près d'eux, du café se renverse. Elle s'agenouille devant son père, lui pose les mains sur le visage. Sa tête fait toujours non, non. Vanessa a l'air forte et calme. Elle lui sourit. Carole voit que son père tremble moins. Il respire mieux. Les larmes ne jaillissent plus de ses yeux mais roulent calmement en grosses billes le long de ses joues. Vanessa a les yeux secs. Vanessa n'a pas eu peur de le rejoindre. Elle l'a rejoint sans sombrer. Sans se laisser engloutir. Elle est à genoux devant le père. Elle lui prend les mains tendrement. Carole regarde tous ces gestes qu'elle ne sait pas faire. Elle voudrait s'en souvenir pour une prochaine fois.

Vanessa dit : « Je t'ai apporté du café et un Mars, il faut que tu manges. Carole, passe-moi le café. » Carole prend le gobelet le plus rempli. Elle essuie quelques gouttes sur son jean et le tend à sa sœur, qui le tend au père. Voûté et sanglotant, les cheveux en bataille, avec son gobelet en plastique, Carole trouve qu'il a l'air d'un clochard fatigué. Après quelques gorgées, Reza reprend « je ne pourrai pas » à voix basse, presque en chuchotant. Vanessa regarde Carole : « Il ne pourra pas quoi ? » Carole hausse les épaules pour signifier qu'elle ne sait pas. Elle a honte de ne pas savoir. De ne pas avoir cherché à le rejoindre pour savoir.

« Qu'est-ce que tu ne pourras pas, papa ? »

Reza souffle sur sa tasse de café.

« Je ne pourrai pas m'occuper d'elle. Si ça devient un légume. Si elle est en fauteuil. Je ne pourrai pas. Cette femme, ma femme. Je ne pourrai pas. »

Les deux sœurs baissent la tête.

« Il vaudrait mieux qu'on en finisse tout de suite », il ajoute avant de reprendre une gorgée de café.

Dans le couloir clair de l'hôpital, Vanessa se lève et va s'asseoir à côté de Carole. Carole lui prend la main, comme elle l'a vue faire, et la serre. Reza tremble toujours un peu. Sa tête continue de dire non. Carole avait peur de le rejoindre. Elle avait peur de savoir. Elle avait peur de comprendre. Vanessa regrette. La tendresse est une faiblesse. Elle regrette de s'être approchée. Ça ne sert à rien de parler dans cette famille. C'est comme si de la parole rien ne pouvait sortir de bon. Si on demande, on sera déçu. C'est entendu. Et quand on s'abandonne à cet espoir, comme les sœurs viennent de le faire, quand on cherche non pas la vérité, mais la tendresse dans les mots de l'autre, on se fait toujours avoir. Ça semblerait si simple pourtant que le père dise à ses filles quelque chose de doux. Puisqu'il y a les pleurs, les cris, ça ne paraîtrait pas si difficile d'y ajouter un mot aimant, une phrase affectueuse, n'importe quoi de rassurant auquel elles puissent s'accrocher. Et à la tristesse d'avoir peur pour la mère, s'ajoute le dégoût de voir leur père incapable non pas de les rassurer, mais de *vouloir* les rassurer. Dans cet enfer humide et froid, le père les repousse. Chacun pour soi. Et les sœurs, à la dérive, renoncent.

« Aide-moi à me relever », dit Esther. Carole met son bras autour de sa mère. Reza la soutient par la taille.

« Ça va aller ? Tu te sens mieux ? Tu es sûre que tu ne veux pas rester assise ? »

Esther sourit pour elle-même. Carole ne peut jamais poser une seule question à la fois.

— Les autres sont arrivés ? T'as eu des nouvelles de Bruno ?

— Oui, ils m'ont appelée. Enfin, pas Bruno, mais Vanessa et Alexandre.

Esther parle lentement, sa voix est fatiguée. Elle dit : « Vanessa a croisé une amie du lycée et viendra peut-être plus tard. » Elle dit : « Alexandre a appelé aussi. Il viendra pour le goûter. »

Carole la coupe. Elle parle de sa famille. Bernard et les enfants. Elle dit : « Je vais les appeler. Ils étaient quasiment prêts, ils devraient être là. Ça fait combien de temps que je suis ici ? Ils devraient arriver, là ! Je vais les appeler. » Elle laisse tomber la main de sa mère. Le moment de tendresse est terminé. Elle se lève pour prendre le téléphone. Elle dit : « C'est encore à cause de Pénélope ? » Esther reste appuyée contre le mur. Elle se masse doucement les tempes. L'aspirine fait un peu d'effet. La seconde aspirine. La première n'a pas fait grand-chose. Elle a moins de vertiges mais la pierre plate appuie toujours à l'arrière de sa tête, comme une douleur fantôme. Elle entend la tonalité dans le téléphone de Carole.

Elle entend qu'on décroche à l'autre bout de la ligne. Carole crie : « Allô ? »

C'est une voix d'enfant. Une voix aiguë. Carole dit : « C'est maman, passe-moi papa, mon poussin. » Esther regarde sa fille. Sa fille soupire et murmure. Elle lève les yeux au ciel et dit : « Ils ne sont même pas encore partis. »

Puis Esther entend: «Carole?» C'est Bernard. Carole tourne le dos à sa mère. Ne rien montrer. Elle a du mal à se contrôler. Elle essaie de parler bas. Ses mots sont comme des gifles. Pour corriger son mari. Son mari en retard. Elle a beau contenir sa voix, elle ne peut pas maîtriser ses mots. Elle les a trop gardés en elle. Quand ils sortent, ils sortent en vomissures.

«Qu'est-ce que vous foutez? Ça fait vingt minutes que je suis arrivée. Ça prend combien de temps de mettre deux gamins dans une voiture? Tu te rends compte que vous êtes même pas encore partis, je ne sais même pas si vous êtes prêts, mais j'imagine que non, j'imagine que vous êtes pas en train d'attendre mon coup de fil devant la porte, hein? Bon, donc vous devez encore vous préparer, prendre la voiture, et comme tu n'es pas franchement un pilote de rallye, et qu'il faut tourner pendant des plombes dans ce quartier avant de trouver une place, je ne sais même pas si vous pourrez être là dans la demi-heure! Non, mais j'ai bien fait de partir, qu'au moins une personne de cette famille montre à ma mère un minimum de respect. Elle prépare un déjeuner pour quinze personnes, il fait trois mille degrés, et elle a soixante-dix ans. Je pense que la moindre des choses, c'est de se pointer à l'heure. Tu ne penses pas, Bernard?»

Esther entend une voix grave lui répondre quelques mots.

Carole reprend de plus belle: «Ah mais j'espère

bien que vous partez tout de suite ! Non mais, attends, tu crois que tu me fais une faveur ? Vous devriez déjà être là… »

Esther se lève lentement. Elle se dirige vers la cuisine. Elle entend toujours la voix sèche et forte de sa fille, mais plus les mots. Elle ne veut plus entendre les mots. Il y a quelques minutes, Carole lui caressait les cheveux, lui parlait doucement. Elle veut en rester là. Elle veut ignorer tout le reste. Elle veut ignorer Vanessa et Alexandre qui ont décommandé. Carole est là. Bruno ne va pas tarder sans doute. Le déjeuner est enclenché. On va commencer.

Dans la cuisine, elle recueille quelques miettes sur le plan de travail, qu'elle jette dans l'évier. Elle sort la salade de tomates du frigo pour qu'elle ne soit pas trop froide. Elle met la crème au chocolat dans un saladier qu'elle recouvre de film plastique et qui prend, au frais, la place du saladier de tomates.

Carole déboule quelques secondes plus tard. « Bon, ils arrivent. Mais ils ne seront pas là avant vingt minutes, si seulement Bernard arrive à trouver une place. » Du bout des doigts, elle prend un quartier de tomate dans le saladier et le met dans sa bouche. En mâchant, elle questionne sa mère : « Il t'a dit quoi Alexandre du coup ? Elles avaient quoi les filles ? Pourquoi il ne vient pas juste avec elles si sa bonne femme ne veut pas venir ? Et au goûter ils viennent tous les quatre ? Ou juste lui ? Je ne comprends pas. C'est pas comme si c'était un truc impromptu. Il est pas prévu depuis des semaines, ce déjeuner ? »

Carole ne s'arrête pas. Elle pose des questions en continuant de picorer. Carole pose toujours des questions. Elle a toujours besoin de parler. De parler vite. De parler de plein de choses. De meubler le silence. D'être entendue. Pour éviter le silence qui fait dire encore plus de choses, elle parle. Elle parle vite et fort par crainte que les gens cessent de l'écouter avant qu'elle ait fini.

13

Carole est petite. Elle a l'habitude d'être toujours la plus petite. D'être entourée d'épaules. Avant même qu'elle puisse comprendre, les amies de la mère se penchaient au-dessus de son berceau et, se poussant du coude, interrogeaient Esther avec une compassion feinte. « Elle est très petite, non ? » Elles disaient ça avec une inflexion de voix qui voulait dire : « Vous êtes sûrs qu'elle est normale ? »

Plus tard, au cabinet, quand les patients voyaient la petite Carole faire ses devoirs sur la table de la salle d'attente, perchée sur une chaise dont il semblait qu'elle ne pouvait pas descendre seule, ils l'observaient sans gêne. Avec les enfants, les adultes n'ont pas de retenue. Les patients la scrutaient, évaluaient sa taille, certains prétendaient vouloir l'aider à faire ses devoirs puis demandaient à voir sa « toute petite main ». Et ils s'étonnaient. Ils disaient : « Oh ! » Quand Reza les appelait et que c'était leur tour, les patients l'interrogeaient. « Dites donc, elle est toute petite, votre fille ! » « Mais elle a quel âge votre fille, elle est drôlement menue… » Et Reza avait une réponse toute prête. Il riait avant de la donner. « On a mis le préservatif, mais il a craqué. Ça a donné Carole. C'est pour ça qu'elle est si petite, elle a été filtrée ! » Ça le faisait rire. Comme ses patients. Mais souvent ça le faisait plus rire lui que ses patients. Carole-enfant ne comprenait pas. Plus tard, ça n'a pas du tout fait rire Carole-adulte.

Carole-enfant, à qui on avait lu l'histoire du Petit Chaperon rouge, reconnaissait chez les adultes qui l'observaient la même fascination mêlée de peur que lorsque le Chaperon s'exclame : « Comme tu as de grandes dents ! » On lui disait : « Comme tu as de petits doigts ! » mais on n'osait pas la toucher, comme si une petite fille aussi étrange devait forcément être un peu dangereuse. Elle ne se sentait pas dangereuse. Elle n'avait pas envie de faire peur. Pourtant les adultes continuaient à la regarder de près, mais pas trop, car on ne sait jamais.

Un jour, c'est une fin d'après-midi d'automne, il a plu, et le soleil pâle filtre à travers les gouttes accrochées aux fenêtres. Toute la salle d'attente est baignée d'une lumière froide et brillante. La pièce est vide, la dernière patiente vient d'entrer dans la salle de consultation de Reza. Carole la connaît bien. C'est la voisine du deuxième. Elle s'appelle Mireille. Carole trouve qu'elle ressemble à une musaraigne. La maîtresse leur a appris le mot lors d'une leçon sur les animaux des champs. Elle leur a montré une photo de musaraigne. Le corps rond, avec les fesses molles, qui tient sur de minuscules pattes lui avait immédiatement rappelé la voisine Mireille. Comme le rongeur, la voisine Mireille a un long nez pointu, trop long pour son visage. Elle a le même air toujours apeuré que l'animal sur la photo. Jusqu'à la couleur de ses cheveux qui est du même gris-brun terne. Carole déteste tout de suite l'animal que la maîtresse décrit. Elle fait pourtant l'effort de se souvenir du mot pour le répéter le soir même à Alexandre. Ils ont besoin d'un mot pour parler en secret de Mireille la voisine. Quand la maîtresse montre l'image de la musaraigne, Carole répète le mot plusieurs fois pour s'en souvenir et le dire à Alexandre. Musa-Raigne. Elle le répète jusqu'à ce que la maîtresse la gronde.

Alexandre et Carole parlent souvent de Mireille la voisine. C'est une amie des parents. Elle vient parfois boire le thé avec son mari qui ressemble à un héron barbu. Ils n'ont pas d'enfants. Ils ont un chat qu'ils appellent Monsieur Moustache. La musaraigne et le héron viennent toujours avec des bonbons pour Carole et Alexandre. Ils viennent dîner. Ils parlent tard avec les parents. Alexandre les aime bien parce que devant eux Reza ne lui fait pas faire de calculs. Ils se connaissent bien. Ils ont déjà vu le numéro. Carole aussi les aime bien pour cette raison. Quand ils sont là, ils parlent au frère et à la sœur équitablement. Et à la mère et au père équitablement aussi. Ils se voient souvent. Presque tous les week-ends.

Et puis la musaraigne se met à venir seule. À

l'improviste. La semaine. L'après-midi. Elle fait la conversation avec Esther. Elle l'aide à préparer un repas, à repriser des robes, à rempoter des fleurs en racontant les potins de l'immeuble. Elle vient en général en fin d'après-midi quand les enfants font leurs devoirs, et juste avant que Reza rentre du cabinet. Quand il arrive, les yeux de la musaraigne s'agrandissent. Carole le voit bien. Elle voit son nez fin frétiller. La musaraigne se met à glousser et ses fesses molles s'agitent. Quand Reza arrive, elle se lève et dit à Esther : « Je m'occupe de lui, ne t'inquiète pas, va donner le bain aux petits. » Elle se dirige vers le meuble où Reza garde ses whiskys. Elle lui sert un verre. Elle fouille dans les placards pour trouver des pistaches qu'elle verse dans un petit bol, tout en faisant la conversation. Pendant qu'elle parle et glousse avec le père, Carole observe la mère qui s'occupe du petit frère. D'un côté, la musaraigne qui admire le père. De l'autre, Esther qui s'occupe des enfants. Ça soulage maman, se dit Carole. Surtout que le petit frère est difficile. Il faut du temps pour s'occuper de lui. Souvent, il pleure quand il doit prendre son bain. Il a peur de l'eau. Alors il faut le rassurer longtemps. Et la mère fait ça bien. Mais parfois il pleure quand même. Il crie. Il crie très fort. Alors la musaraigne ferme les portes du salon pour que le père ne soit pas dérangé.

Un jour, elle ferme la porte et oublie que Carole est avec eux dans le salon. Carole joue sur le tapis.

On entend, étouffés, les cris du petit frère à travers la porte. Et le bruit de ses genoux lisses qui glissent contre les parois de la baignoire. On n'entend pas la voix douce de la mère qui cherche à le calmer. Qui lui raconte des histoires pour lui changer les idées. La musaraigne gambade autour du père. Il est assis dans son fauteuil, un verre de whisky à la main. Il parle de ses patients. De ses patients qui le remercient de leur avoir sauvé la vie. Elle l'interrompt. Le père n'aime pas être interrompu. Elle dit : « Reza, si on dansait ? » Carole la voit se pencher pour mettre un disque, ses grosses fesses tremblotent comme de la gelée. La musique s'élève, et la musaraigne se met à onduler. Elle tend la main à Reza qui ricane. Il n'aime pas être interrompu mais pour cette fois, ça va. C'est ce qu'il dit à la musaraigne. Ils ont oublié que Carole était là. Le père se lève pour aller danser.

La musique s'arrête net. Les trois paires d'yeux de Carole, de Reza et de la musaraigne se tournent vers Esther, qui soulève d'un doigt le bras du tourne-disque. Le regard fixé sur Reza, la mère dit : « Le dîner est prêt, les enfants sont baignés, finis ton verre, on va passer à table. » Elle ne dit rien d'autre. D'un geste élégant, elle invite Mireille à se diriger vers le couloir qui mène à la porte d'entrée. Il semble à Carole que la musaraigne a un nez plus long que d'habitude. Ses yeux sont encore plus apeurés. En marchant vers la sortie, ses grosses fesses ont un frétillement nerveux. Carole la voit disparaître dans le couloir, suivie de la mère. Le père se lève et soupire. « Ah les bonnes femmes. » Puis la porte claque.

Carole n'a jamais su ce qu'Esther avait dit à Mireille la voisine sur le palier avant de fermer la porte. Ou même si elle avait dit quelque chose. Mais on ne la revit plus jamais seule à la maison.

Elle vient seule au cabinet pourtant. Lorsque Carole y fait ses devoirs, elle voit régulièrement la musaraigne. Au début, celle-ci est gênée par la présence de l'enfant. Elle fait semblant de tousser. Ou de se moucher. Elle va voir la petite et elle lui dit : « Je suis bien malade. » Mais Carole remarque qu'elle est parfumée et maquillée. Elle met du rouge à lèvres corail. Carole n'aime pas ça.

Et puis la musaraigne est de moins en moins gênée. Elle arrive confiante et souriante. Elle salue les autres patients dans la salle d'attente comme si elle arrivait à une réception mondaine. Elle prend son magazine et attend. Elle passe toujours la dernière.

Quand c'est son tour, Carole voit le père ouvrir la porte dans sa blouse blanche, et la saluer comme tous les autres patients. Il lui serre la main et l'invite à passer dans la salle de consultation. Il fait comme s'il ne la connaissait pas. La musaraigne joue le jeu et dit « oui docteur, bien docteur, merci docteur » en avançant à petits pas, sur ses petites jambes maigres qui portent miraculeusement son postérieur. Le père dit à l'enfant : « Termine tes devoirs, après ça on y va », et il ferme la double porte. *Ça*, Carole-enfant ignore ce que c'est. Elle entend que ça fait rire la musaraigne, mais pas le père, puis plus personne. Elle ne sait pas combien de temps ça dure parce qu'il n'y a pas d'horloge dans la salle d'attente, mais elle a le temps de finir tous ses devoirs, et de feuilleter les magazines des patients. Quand le père en a fini avec ça, elle entend la porte du cabinet s'ouvrir. Le père raccompagne la musaraigne puis il ouvre la double porte de la salle d'attente et dit à Carole : « Excuse-moi, ça a duré plus longtemps que prévu. » Il dit toujours ça.

Le cabinet n'est pas loin de la maison. Ils rentrent à pied. Il y a toujours un malaise. Comme si le père se demandait ce qu'elle avait entendu. Ça lui fait venir des questions, à la petite. Des questions qu'elle ne veut pas poser au père. Elle ne veut pas le voir mentir, ça serait pire, qu'il mente, pire que le secret, pire que le silence. Ils s'évitent. Elle, l'enfant, baisse les yeux. Elle se sent intruse dans cette intimité d'adulte. L'impression de déranger.

Alors elle parle, elle. Elle parle sans s'arrêter. Elle pose des questions sur son problème de maths, sur le chauffage dans le cabinet, sur ce qu'on va manger le soir. Elle n'attend pas de réponses. Le père n'essaie pas de suivre son rythme. Il répond parfois, mais la réponse se noie dans la question suivante. Alors il la laisse parler, de sa voix aiguë qui fonce à travers les airs, elle qui veut accélérer le temps, arriver le plus vite possible à la maison pour ne plus être avec le père et son secret. Elle aimerait disparaître pendant ces quelques minutes. Mais quand ils doivent prendre l'ascenseur, il n'y a pas d'échappatoire. Le silence s'impose. Collée à lui, elle ne peut s'empêcher de l'observer : lisser ses cheveux, vérifier les boutons de sa chemise, effacer du doigt quelques traces corail sur sa bouche.

14

Reza retourne sur la terrasse. Il laisse la fille s'occuper de la mère. Elle s'en occupe bien. Elle s'en occupera mieux que lui. Il a déjà donné une aspirine. Puis une seconde. Ça va passer. Forcément ça va passer. C'est la chaleur, c'est tout. Il y a la table dehors, désossée par Carole. La nappe immobile dans l'air ardent. Les chaises désordonnées autour. Comme si le repas avait eu lieu et que tout le monde était déjà parti. Il se dit qu'Esther en a trop fait. Elle n'aurait pas dû. Elle en fait toujours trop. Ça fait longtemps que le père a renoncé. Il a renoncé à la famille. À ce qu'ils soient réunis, là, autour de la table. Ça ne sert à rien. Ça ne *lui* sert à rien. Qu'est-ce que ça lui apporterait, une famille bien sage autour de la table ? Pourtant il a essayé. Au début. Au début avec Esther. Quand la première est arrivée. Quand il y a eu Carole. Et que ce n'était pas prévu. Et qu'il n'avait aucun patient. Que personne ne venait le voir à cause de son nom, et de son accent.

Au début, Reza passe beaucoup de temps à l'appartement. Pendant qu'Esther court dans

Paris. Pendant qu'Esther voit du monde. Pendant qu'Esther se fait une clientèle. Et puis un jour, Carole. Il sait que ça va arriver. Ça arrivera forcément. Mais ce n'était pas prévu pour tout de suite. Et pourtant ça arrive. Carole est là. Maigre et fébrile. Il en a vu des pères, qui venaient chez le médecin, rongés par la peur de ne pas savoir aimer leur enfant. Il leur disait à tous la même chose. À tous ces pères apeurés. Il leur disait : « Ça viendra quand l'enfant sera là. Quand l'enfant sera là, ça sera évident. » Ça avait l'air de les rassurer. Ils demandaient : « Vous avez des enfants, vous, docteur ? » Reza disait oui pour les rassurer. Ça avait plus de valeur s'il disait oui. Et les pères apeurés disaient : « Alors vous savez ce que je ressens. » Il en voit toujours de ces pères. Qui lui posent la même question quand leur femme se rhabille. Qui demandent en chuchotant : « Docteur et si je l'aimais pas ce gosse ? » « Docteur, vous avez des enfants, vous ? » Et maintenant, oui, évidemment Reza dit oui. Parce que c'est vrai, il a des enfants. Il a même des enfants qui ont des enfants. « Oui j'ai des enfants. » Et il continue de rassurer les pères qui ont peur de ne pas les aimer. Parce qu'il ne peut pas dire la vérité. Il ne l'a jamais dite. Il préfère le principe. Il préfère se rassurer.

Car quand il a su que Carole arrivait, il n'a pas eu le déclic. Et quand elle est née, il ne l'a pas eu non plus. Il ne l'a jamais eu pour Carole. Il ne l'a jamais eu, alors que c'était le premier enfant. Le seul qui ait compté, c'est le premier fils. Là oui, il l'a eu. Pas pour les autres. Pas pour ceux d'après non plus. Non, juste pour lui. Il s'en est voulu longtemps. Il croit que ça le rend moins parfait. Moins admirable. Il se dit que si ses patients savaient, ils le respecteraient moins. Il a cette crainte en lui de ne pas être à la hauteur. Cette peur de se trahir. Il n'en parle jamais. Jamais autour de lui. Jamais à Esther.

Il a écrit une fois à Chermine. Pas une longue lettre. Une lettre rapide. Il fallait qu'il demande à quelqu'un. À quelqu'un qui le connaisse. Il lui parle du premier fils. Il dit «il n'y a qu'avec lui». Et Chermine répond. Il répond plein de choses rassurantes. Les mêmes choses que Reza pourrait dire à ses patients. Mais il y a une phrase qui dédouane Reza à vie. Chermine écrit : *Tu vois une part de ton âme en lui*. Ça le libère. Ça le libère de penser ça. Il se le répète en lui-même. Il n'a besoin de le dire à personne. «Il y a une part de mon âme en lui.» C'est ça. C'est cette impression. Les autres, c'est leur mère. Les autres, c'est Esther. Alexandre, c'est lui, Reza. Alexandre est le seul qui ait pris quelque chose de lui. Il en est sûr. Il se convainc. Il se dit que c'est pour ça. Il se dit, ce n'est pas ma faute. Ça l'absout. C'est pour ça qu'avec les autres c'est si difficile. Si difficile de se faire comprendre et de les comprendre.

La phrase de Chermine l'absout. Elle l'accompagne partout. Dans tout ce qu'il fait avec ses enfants. Dans tout ce qu'il fait uniquement pour

Alexandre. Son premier mouvement est toujours vers lui. Il laisse les autres à Esther. La fille minuscule, le petit frère chétif et la dernière, celle qui part. Il les lui laisse. Il prend le premier fils. Ça sera son chantier, son projet, la construction d'une seconde âme semblable à la sienne. Le ciselage de cette âme en un autre lui.

Ça n'arrive pas souvent ce désespoir chez Reza, qui le pousse à écrire une lettre à Chermine. Ça n'arrive presque jamais. Ça arrive pour la naissance d'Alexandre. Ça arrive quand Esther a son infarctus. Cette fois-là, Chermine est trop loin. Cette fois-là, il ne sait pas ce qu'il lui prend. Il parle à ses filles. Il leur lâche quelques mots sans s'en rendre compte. C'est sorti comme ça. Ses filles n'ont pas su quoi répondre. Il leur a dit qu'il ne pouvait pas. Non, il ne pourrait pas vivre avec Esther si c'était un légume. Un aveu comme une fuite. Un aveu qui était déjà une fuite. C'était une façon de leur dire « ne me cherchez pas ». Une façon de leur dire « je vais partir ». Ça n'arrive pas souvent. Juste dans ces moments-là. Dans ces moments de bascule. Dans ces moments où vraiment il ne sait plus quoi faire. Où l'argent, où la médecine, où rien ne semble l'aider. Dans ces moments où il essaie de s'accrocher à des choses invisibles. À des gestes qu'il a vu faire mais qu'il n'a jamais faits, qu'il trouve ridicules souvent, parce qu'ils sont convenus. Et pourtant, il le sait, dans ces moments-là, il faut la tendresse. Il faut la douceur. Mais il ne peut pas. Il ne l'a pas. Alors il part. Comme aujourd'hui, il laisse les enfants avec la mère.

Aujourd'hui encore, ce désespoir. Cette peur panique. Ses mains tremblent sur la terrasse. Il a laissé la fille avec la mère. Il lui semble qu'il n'a pas sa place. Il ne sait pas où est sa place. Il ne sait pas ce qu'il pourrait dire à Esther ou à Carole. Il se retient. C'est une violence qu'il se fait. Une violence de s'obliger à se taire. C'est une interdiction de sentir, de ressentir, de dire. Elle est toujours là. Elle est là par défaut. Parfois elle se brise un peu, quand le désespoir est trop grand. Quand la vague est trop forte et qu'elle fait craquer légèrement la porte close de ses sentiments. Il a laissé la mère avec la fille. Il pense que la fille est un bon médecin. C'est une bonne fille et un bon médecin. Il ne lui a jamais dit. Il ne lui a jamais dit qu'il avait pensé la faire venir dans son cabinet. Ils auraient pu partager le cabinet. Il n'osera jamais lui dire. Maintenant, c'est trop tard.

Il n'a pas peur pour Esther, non. Il a peur pour lui. De ce qu'on dira de lui. D'être comme son père qui a laissé mourir sa mère. Et qui sera-t-il, lui, s'il laisse mourir Esther ? S'il ne peut pas la sauver. Que diront ses patients ? Ils se regarderont du coin de l'œil quand ils viendront le voir. Ils continueront à venir parce qu'il a leur dossier. Parce qu'il les connaît. Ils viendront malgré tout. Et entre eux, dans la salle d'attente, ils jetteront des regards par en dessous. « Vous savez ce qui est arrivé à sa femme ? » Ils lui jetteront le même regard qu'ils jetaient à son père. Ceux qui n'avaient d'autre choix que de venir le voir. Ceux qui ne pouvaient pas aller en ville parce qu'ils étaient trop malades, trop vieux ou trop loyaux.

En le rejoignant sur la terrasse, Carole le tire de ses pensées. Elle lui demande à quoi il pense. Il répond « à ta mère ». Il dit : « Il fait trop chaud ici et elle s'est beaucoup agitée ce matin. » Il ajoute : « Elle aurait dû rester tranquille. » Carole s'éponge le front. Elle rassemble sur la table les petits bouquets pour les rapporter à l'intérieur. Pendant que Carole range, il parle. Il dit : « Ta mère a de la chance. Elle a de la chance d'avoir un mari médecin. » Il ajoute : « En plus, grâce à moi, elle a aussi des enfants médecins. Enfin au moins un. » Il se reprend : « Une. »

Il est sous le parasol. Il regarde devant lui. Dans le ciel gris de chaleur de Paris. Elle a envie de lui dire qu'il devrait aider davantage. Que donner des aspirines ce n'est pas suffisant. Qu'avec Esther il n'est pas juste médecin, il est mari. Il est père. Il est grand-père. Elle a envie de lui dire qu'il serait temps qu'il s'occupe des gens autour de lui. Que s'il ne le fait pas maintenant, il ne laissera pas grand-chose, juste quelques tapis persans. Quand ils étaient petits, il leur disait toujours : « Je travaille pour vous. Je travaille pour vous offrir des vacances. Pour que vous ne soyez pas moqués à l'école. Pour que vous puissiez partir au ski. Pour que vous n'ayez pas honte d'emmener vos amis à la maison. Pour que vous puissiez faire des études. Les études que vous voudrez. Aussi longtemps que vous voulez. Et je pourrai payer. Je pourrai toujours payer. » Il disait : « Je travaille pour que vous n'ayez pas à compter les poux sur votre corps comme j'ai dû le faire. Que vous n'ayez pas à voler des os dans les poubelles des bouchers. » Quand il disait ça, les enfants se taisaient. Esther aussi se taisait.

Le père a beaucoup travaillé. Il est devenu le médecin des pauvres et des étrangers. Le médecin de ceux qu'aucun médecin ne faisait l'effort de comprendre. Lui voulait les comprendre. Il pouvait les comprendre. Il faisait l'effort. Il faisait avec eux l'effort qu'il ne faisait pas avec son propre sang. Avec ses propres enfants. Avec les étrangers, il avait la patience. Il avait la gentillesse. Il savait mettre sa main sur leur épaule quand les mots manquaient parce qu'ils n'avaient aucun mot en commun. Il était à l'aise dans ce silence. Dans ce silence forcé où les mots ne peuvent exister.

Le père a le visage pâle dans le soleil gris-jaune. Ses cheveux sont blancs. Un blanc parfait. Parfaitement peignés en arrière. Il est impeccablement habillé avec un pantalon en lin et une chemise assortie dont il a remonté les manches tout à l'heure pour aider Esther à se relever. Carole observe ses mains qui prennent la forme des mains de vieillard.

Tachées avec des veines bleues sous la peau fine à craquer. Les ongles blancs, impeccables aussi. Elle se souvient du père avant. Du père pauvre, quand ils étaient pauvres. Quand ils vivaient tous dans la même pièce. Dans le même appartement sombre qui creusait des cernes noirs autour de leurs yeux à tous. Ça dure des années. Des années dont elle se souvient. Elle avait eu trois ans, quatre ans, puis sept ans. Ils ont déménagé quand elle avait sept ans. Quand le petit frère était tout petit. Et qu'il fallait de la place entre lui et le père et entre le père et la mère.

Le père gagnait plus d'argent. Très vite il a acheté le cabinet et cet appartement, celui avec la terrasse où ils sont maintenant. L'appartement était grand quand ils étaient petits. Il est encore plus grand maintenant qu'ils n'y vivent plus qu'à deux. Ils ont cassé des murs et transformé des chambres en salle de bains, en grand salon, en plus grande cuisine. La mère a tout de même réussi à garder deux chambres pour les petits-enfants. Car si on avait écouté le père, il aurait tout détruit. Il se serait fait une garçonnière géante. Il voulait un jacuzzi dans la salle de bains. Mais Esther l'a freiné. Elle a gardé un appartement pour une famille. Pour qu'une famille puisse habiter là. Comme si une famille habitait là.

Carole aimerait lui parler. Elle ne sait pas comment. Alors elle va lui parler de la seule chose qu'ils ont en commun et qui ne peut pas les fâcher. Elle va lui parler de médecine. Elle va lui parler de patients.

Elle va lui demander son conseil, son avis. Elle va lui demander son aide. Ils arrivent à se parler si elle le traite en professeur. Elle lui dit : « Une patiente étrangère est venue me voir. Elle parle mal français et j'ai du mal à comprendre ce qu'elle dit. Tu crois que tu pourrais la voir, toi ? » Elle pense que ça va le flatter. Mais ça ne le flatte pas. Il se met à crier. Il crie sur sa fille. Il lui dit : « Tu crois que je suis le médecin des étrangers ? Que je suis bon qu'à ça ? À traduire ? Je suis étranger, alors autant me donner les étrangers. Je suis là pour ça, hein ? Comme ça tu pourras retourner soigner tes patients français facilement ? Hein ? » Il crie de plus en plus fort à chaque phrase. Carole reste muette. Il cesse de crier. Il dit une dernière phrase. Il dit : « Tes patients auraient de la chance de m'avoir. »

Dans la cuisine, Esther entend les cris de Reza. Elle n'entend pas Carole. Elle est assise sur le tabouret en plastique. Autour d'elle, il y a les ruines de sa table que Carole a rapportées dans la cuisine. Il y a les plats qu'elle a sortis pour le déjeuner. La salade de tomates. Les pommes de terre sautées. À l'arrière de sa tête, il y a toujours cette pierre plate qui s'enfonce malgré elle. Malgré l'aspirine. Malgré la venue de Carole. Malgré ses mains qu'elle rafraîchit contre le saladier glacé de tomates puis qu'elle s'applique sur le visage.

15

Esther dit « mes petits-enfants » comme un ensemble. Comme un tout. Un ensemble qui est sa famille. La manifestation de sa famille. Elle dit « mes petits-enfants » sans distinction. Elle ne donne pas tous les noms ou tous les âges. Elle dit « mes petits-enfants sont venus me voir ». Elle fait comme s'ils venaient tous en même temps. Elle crée cette illusion de famille soudée. Elle fait la même chose avec ses enfants. Elle dit « mes enfants vont venir dimanche ». Elle ne détaille pas. Elle ne dit pas qu'il y a un roulement. Elle dit « mes enfants vont venir » et, quand elle dit ça, elle voit dans le regard des autres la famille qu'elle rêve d'avoir. Elle dit « nos enfants sont là ». Elle dit « le docteur ne fait pas de visites aujourd'hui parce que nos enfants sont là ». Elle impose le pluriel. Elle est fière du nombre de ses enfants et de ses petits-enfants. Fière quand les gens lui disent : « Vous avez une grande famille. » Elle sourit. « Oui. »

Les petits-enfants ont tous les âges. Ils ont trois ans, huit ans, quinze-seize ans. Ils sont filles et garçons. Il y a de tout. Elle les a connus à tous les âges. Il y a, avec chaque naissance, ce moment où elle prend l'enfant dans ses bras. Le moment où le petit corps lourd pèse entre ses mains, avec cette chaleur de chat endormi. Elle les regarde. Elle fouille dans leur visage ridé de nouveau-né pour trouver ses traits à elle. Elle veut se reconnaître. Il faut qu'elle soit là, dans leur visage. Pas seulement dans leur sang. Ils ne lui ressemblent pas. Sauf une. Une qui a les yeux bleus comme elle. C'est la seule. La même couleur. La mère de cette enfant dit : « Ça va passer. » Elle ne veut pas voir la grand-mère dans le visage du bébé. Elle ne veut pas que dans cette enfant il y ait plus de grand-mère que d'elle.

C'est la première. La première petite-fille. Elle naît avec les yeux bleus. La petite-fille grandit. Ça ne change pas. Elle a trois ans puis quatre, cinq, sept, huit ans, dix ans et elle garde les yeux bleus. Du même bleu qu'Esther. Ça énerve la mère de l'enfant. Parce que l'enfant est la seule à avoir les yeux bleus. Parce que la mère de l'enfant n'a pas les yeux bleus. Parce que quand on demande à l'enfant d'où lui viennent ses beaux yeux, elle répond : « Ma grand-mère. »

Quand Esther la voit, elle se dit, il y a une part de moi dans cette enfant-là. Et elle voit sa mère à elle qui avait aussi ces yeux bleu pâle. Et elle voit sa sœur qui avait aussi ces yeux-là. Une fois que l'enfant est née, chaque fois qu'Esther se regarde dans le miroir, elle songe, ce sont mes yeux et ses yeux et à travers elle, mes yeux et les yeux de ma mère et de ma sœur restent vivants. À travers ses yeux bleus que personne d'autre ne possède. Et qu'aucun des autres petits-enfants d'Esther n'aura. Car les suivants prendront les traits de Reza. Ils auront les cheveux noirs et les yeux noirs. Et le petit nez busqué qui est le nez de Carole et de Reza. Mais ses yeux, c'est son sang. C'est la suite. C'est sa tapisserie inarrêtable.

Aimer un petit-enfant est un amour différent. Ce n'est pas un amour obligatoire. Au début c'est un amour un peu diffus. C'est une tendresse d'abord. Une tendresse pour la chair de notre enfant qui se multiplie. C'est un ensemble de gestes. C'est l'amour obligatoire et compulsif qu'on a pour son enfant qui se reflète dans la tendresse qu'on a pour le nouvel enfant. Il est à la grand-mère. Pas totalement à elle bien sûr, mais il est aussi à elle. Elle ne peut pas l'ignorer. Il y a cette idée qu'elle a rendu cet enfant possible. Que cette petite chair légère et moelleuse vient de sa chair sèche et ridée. C'est une surprise. Comme si son corps avait donné quelque chose. Comme si son corps pouvait encore donner et créer. Esther prend ses petits-enfants dans ses bras, contre sa peau ridée qui est aussi leur peau fraîche. Et le sang dans leurs veines bat au même rythme. Les parents n'aiment pas. Les mères et les pères les lui reprennent vite. Ils n'osent pas les lui laisser. Et s'ils l'aimaient plus que nous ?

Il y a un confort à être grand-mère. Être grand-mère, c'est être la douceur adulte. Une personne tout entière de tendresse et de gestes doux. Plus tard, quand on grandit, c'est la seule qui écoute. Les petits-enfants ne grandiront pas avec Esther. Ils n'iront pas vers Esther pour parler. Elle mourra avant. Elle meurt avant qu'ils puissent se parler. Avant qu'on se connaisse. Avant qu'on puisse s'aimer vraiment. Elle meurt et laisse derrière elle des suppositions et des doutes. Et des phrases éclatées dont personne ne se souvient vraiment. Des bribes de sentiments et un goût sucré ; de gâteau au citron et de crème au chocolat. Elle meurt grand-mère. Une mort normale. Une mort attendue. Les petits-enfants savent toujours que leur grand-mère va mourir. Mais elle n'avait pas prévu. Elle pensait qu'elle avait le temps. Elle pensait qu'avec l'enfant aux yeux bleus, elles y étaient presque.

L'enfant aux yeux bleus avait presque seize ans. Elles commençaient à se parler. Ça venait doucement. Les mots que la famille n'avait jamais su se dire. Entre elles, ils viennent. Elles ont des phrases. Des bouts de pensées qui éclosent. Mais il y aura trop de pudeur. Ça n'ira pas assez vite. Pas assez vite pour qu'elles se parlent vraiment, avant la mort. Et après il y aura toujours ce silence. Ces phrases commencées. Et si Esther avait su, aurait-elle pu finir ses phrases ? Qu'aurait-elle dit ?

Entre les enfants il y a le silence, et la violence de ce silence. Avec les petits-enfants, le silence est une pudeur. Le silence est une douceur. Il n'y a pas besoin de parler. C'est un silence calme. Totalement calme. Un silence qui n'annonce rien. Un silence qui est content d'être là. Un silence qui se vit. Ce n'est pas une anxiété. Pas une appréhension. Après la mort d'Esther, le silence des phrases que l'on n'a pas finies enflera. Il prendra cette figure inquiète. Cet aspect d'annonce. D'oracle. Le silence deviendra grondement.

Il y a des petits-enfants de tous les âges, mais aucun n'a l'âge d'aimer. Aucun n'a l'âge adulte d'aimer. Ils ne savent pas. Ils aiment Esther parce que c'est leur grand-mère. Ils ne la connaissent pas. Elle n'aura jamais, avec ses petits-enfants, cette relation adulte de se voir quand on décide de se voir. Les enfants sont amenés par leurs parents. Ils sont déposés chez Esther. Les parents disent : « On te les dépose vers quatorze heures. Et on repasse les prendre vers dix-huit. » Les enfants se déposent et se reprennent.

Il faut dire aussi que les parents n'ont pas très envie qu'Esther prenne trop de place. Ça reste une grand-mère. Elle doit rester à sa place. Les parents veulent maîtriser leur éducation. Ils ont des principes. Ils veulent apprendre à leurs enfants à ne pas manger autant, à se tenir droits, à demander la permission pour sortir de table, à ne pas grignoter entre les repas, à ne pas mettre les pieds sur le canapé. Ils veulent décider de ce que les enfants mangent, de ce que les enfants disent, de ce que les enfants lisent ou regardent. Et chaque parent a des principes différents. Les parents connaissent le danger de mettre des enfants en contact avec d'autres principes. Ça rend les enfants exigeants.

Quand ils passent du temps entre petits-enfants chez la grand-mère, ça arrive forcément. Les enfants rentrent chez leurs parents et ils veulent de nouvelles choses. Ils demandent la même crème au chocolat que chez la grand-mère. Ça énerve les parents. Qui en veulent à la grand-mère, lui disent quand ils la voient : « Tu peux arrêter de leur faire de la crème au chocolat. » Ils disent : « Arrête de leur faire boire du jus de fruits, donne-leur de l'eau, ça suffit. » Et quand les petits-enfants rentrent, les parents leur disent : « Son gâteau au citron est toujours trop sec. » Ils disent : « La crème au chocolat est immangeable. » Ils parlent de la grand-mère comme d'une empoisonneuse.

Chez la grand-mère, les après-midi sont toujours les mêmes. Les parents déposent les petits-enfants pour le déjeuner. Ils sont allés les chercher à la sortie de l'école. Esther a déjà proposé de le faire. Elle a dit : « Ça ne me dérange pas d'aller les chercher. » Elle n'ose pas dire « ça me fait plaisir d'aller les chercher ». Avouer le plaisir, c'est permettre aux autres qu'ils vous le retirent. Surtout avec l'instinct de jalousie de ses enfants. Elle ne parle pas de plaisir. Elle dit « ça serait plus pratique ». Les enfants ne se laissent pas avoir. Ils disent « non, c'est moi qui m'occupe de la sortie de l'école ». Pour les enfants, il y a quelque chose d'humiliant à ce que la grand-mère soit à la sortie de l'école. Ils ne veulent ni ne peuvent lui accorder ce plaisir. La grand-mère ne vient jamais à la sortie de l'école. Les parents vont chercher les petits-enfants, puis ils les déposent chez elle. Ils les déposent toujours avec une recommandation, un ordre, une nouvelle règle. Une nouvelle règle pour éviter le plaisir autant qu'ils le peuvent. Pour éviter que les petits-enfants soient trop heureux, trop facilement. Ne pas regarder de film ou finir ses devoirs avant le goûter ou ne pas manger de dessert parce que hier on l'a puni pour toute la semaine ou ne pas se déguiser cette fois parce qu'elle n'a plus cinq ans. La grand-mère est une enfance éternelle. Ses enfants à elle, elle n'a pas pu les maintenir dans l'enfance. Elle a tant voulu les garder qu'ils se sont enfuis. Les parents voient que la grand-mère essaie de maintenir les petits-enfants dans cette enfance. Ils ne veulent pas de ça. C'est pour ça qu'ils donnent à Esther des règles à respecter, des règles pour limiter le plaisir. En eux-mêmes, ils se disent qu'il n'y a pas de raison que ça soit plus facile pour la grand-mère.

Esther n'a pas besoin de respecter les règles. Elle sait que les petits-enfants ne la trahiront pas. Il y a dans le silence calme qui les entoure cette promesse de confiance. Cette loyauté contre les bassesses des parents. Esther ne veut pas briser ce silence. Elle ne veut pas briser cette loyauté. Cette confiance de ses petits-enfants qu'elle peut encore gagner, alors que la confiance de ses enfants est depuis si longtemps perdue. Elle ne sait toujours pas comment parler et elle ne veut pas briser le silence. Alors elle *fait* des choses pour les enfants. Elle fabrique des habits pour leurs poupées. Elle coud des petites robes. Elle tricote des pulls minuscules. Elle brode sur des mouchoirs de délicates fleurs bleues et roses pour en faire des petits châles. Elle fait des déguisements aussi. Dès que les petits-enfants sont nés, elle a posé, sur le sol, à côté du canapé, un panier de tissus et d'aiguilles. Pendant des années, le soir, les après-midi où les petits-enfants ne sont pas là, elle coud des vêtements de poupée et des déguisements, des culottes vertes pour devenir Robin des Bois, de longs voiles bleus pour se transformer en fée.

Reza hausse les épaules évidemment. Il dit : « À quoi ça sert ? » Il dit : « Ils viennent de moins en moins, tu ne vois pas qu'ils viennent de moins en moins ? Et quand ils auront grandi, ils cesseront totalement de venir. Tu crois que tu vas les retenir avec des déguisements et des robes de poupée ? » Esther ne répond rien. Elle pense que oui. Elle pense qu'ils s'en souviendront. Elle pense, je leur construis des souvenirs qu'ils pourront tenir entre leurs mains. Elle a raison. C'est important pour une grand-mère de créer des souvenirs qu'on peut toucher, qu'on peut caresser et sentir. C'est important surtout pour Esther qui mourra avant que ses petits-enfants soient adultes. Avant qu'il y ait un amour adulte entre eux. Avant qu'ils viennent la voir pour autre chose que les déguisements. Ils ne se souviendront pas de conversations avec elle, mais ils auront des tissus et de minuscules pulls pour leurs poupées. Et l'odeur de la laine.

Il y a aussi, pour les parents, sous-jacente, une envie de punir. De punir la grand-mère de ce qu'elle n'a pas fait avec eux. Il y a une souffrance chez les frères et sœurs à voir la tendresse d'Esther pour leurs enfants, une jalousie qu'ils n'ont jamais dépassée. Une jalousie de ce silence calme, de ce silence sans grondements. Jaloux de leurs propres enfants.

Chez les enfants d'Esther, c'est une peur qui arrive à la naissance. Dès que les petits-enfants sont là. Il y a l'instinct de cette jalousie. L'instinct de vouloir les protéger d'Esther. Les protéger de la mère qui voudra les engloutir. L'instinct de vouloir les soustraire aux bras dévorants de la grand-mère.

Plus tard, ils ne feront que déposer les enfants. Ils les déposent et ils reviennent les chercher. Ils ne les laissent pas prendre racine. Ils laissent à peine à Esther le temps de nouer ses bras de liane autour d'eux. Ils les coupent, ils les arrachent, ils les brûlent. Ils veulent couper les bras de la mère. Et plus ils coupent les lianes, plus elles repoussent solides et fortes et longues et dévorantes. Et plus ils les coupent, plus les petits-enfants grandissent, plus ils se jettent dans les bras de la grand-mère. Les enfants aiment contrarier leurs parents. La grand-mère est une douceur qui donne la force aux petits-enfants de se définir face aux parents. La grand-mère n'est pas adulte. Elle n'est pas enfant. Elle n'est que gestes et attentions. Elle est une émotion, une sensitivité, un goût de chocolat en poudre, un gâteau au citron qui s'émiette au-dessus de la table basse du salon.

Les petits-enfants garderont ces souvenirs blafards d'après-midi étirées. Et le goût du gâteau au citron et de la crème au chocolat qui leur reviendra à l'âge adulte. Ils auront, sans le savoir, gardé un espace pour ça. Longtemps après que la voix d'Esther sera oubliée. Ils ne la reconnaîtraient pas mais ils reconnaîtront le goût du gâteau au citron.

Un été, Esther garde ses petits-enfants à La Romarine. Il y a les enfants d'Alexandre et les enfants de Carole. Ils sont proches en âge. Ils ont entre dix ans et quatorze ans. Le matin, elle les emmène à la plage. Le midi, ils rentrent déjeuner. L'après-midi, ils jouent sur la terrasse. Ils jouent aux cartes. Ils font des mimes. Ils se courent après. Leurs petits corps bronzés sur la pierre chaude de la terrasse. Leurs petits corps bronzés qui tournent et bombinent comme des insectes brillants.

Sur le chemin de la plage, dans l'ombre sèche des grands arbres, leurs pas font craquer les aiguilles de pin. Ils chantent des chansons ridicules qui énerveraient les parents. Ils chantent fort par-dessus les cigales. La grand-mère les laisse faire. À travers les pins, les petites mains dorées de ses petits-enfants se serrent. Les quatre marchent plus vite qu'elle. Ils sont loin devant. Elle les voit de loin. Des apparitions de coton clair à travers les pins sombres, sur la terre rouge. Des impressions de tissu frais et léger d'où sortent des jambes fines et cuivrées et griffées par les rochers et le sel et les buissons de thym qu'ils enjambent.

Ils oublient qu'elle est là. La grand-mère, c'est la liberté et l'insouciance. Leurs petites voix agaçantes couvrent le bruit des cigales, couvrent le craquement des aiguilles de pin sous leurs petits pieds, couvrent le bruissement de toute la nature autour d'eux. La pinède leur appartient.

Ils suivent le chemin qu'ils empruntent depuis leur enfance. Un chemin en pente jusqu'à la plage. Une plage minuscule qui les rapproche, qui les confine, qui les enserre, les force les uns contre les autres. Une plage juste pour une famille. Esther suit ses petits-enfants dans la pinède. Elle suit leurs corps habillés de blanc, stries d'ombre et de soleil. Parfois elle leur crie : « Doucement ! » Le chemin vers la plage est en pente. Vers la fin, il descend abruptement. Les aiguilles de pin les font glisser. Ils se rattrapent les uns aux autres. Aux mains, aux robes, aux bretelles. Quand ils tombent, ils arrêtent de chanter. Et le silence se remplit tout entier du bruit des cigales. Ils se relèvent en s'accrochant aux mains des autres. Les mains griffées, piquées de petits cailloux s'agrippent aux mains bronzées. Et le bruit des cigales disparaît à nouveau sous leur chant.

Les journées coulent légères et chaudes. Chaque

jour ressemble au suivant. C'est rassurant de savoir ça. Esther aime avoir cette certitude. Demain encore, il y aura la marche sous les pins, et les pieds qui glissent et la chanson. Et l'après-midi le silence apaisant des petits-enfants qui jouent. Le silence apaisant percé des cris des petits-enfants qui rient.

Puis c'est presque le jour où les petits-enfants vont devoir rentrer. Ça la prend. Elle est en train de se reposer sur une grande chaise en osier. Les jambes au soleil. Sa robe de coton léger relevée jusqu'aux genoux. Elle est calme. Elle n'a plus de peur. Elle a oublié le silence terrible de la famille. Le silence terrible entre les frères et les sœurs. Tout à coup, elle est si paisible, ça la recouvre avec délicatesse comme la vague discrète de la Méditerranée. Elle se lève. Elle va appeler Carole. Appeler sa fille. Une impulsion. Tout à coup une envie. L'envie de la partager avec sa fille. Partager avec elle le silence calme des petits-enfants.

Elle appelle. Elle lui dit « j'ai une idée ». L'idée c'est qu'elle vienne ici. Qu'elle vienne à La Romarine avec son mari. Qu'ils viennent tous les deux. Elle dit : « Je vais aussi appeler Alexandre et Pénélope. Vous pourriez venir pour le week-end. » Elle débite tout d'un coup, ivre de joie. Elle laisse l'espoir se déverser. Il coule de sa bouche en torrent fougueux. Sans peur, sans retenue. Sans crainte du rejet. Confiante et heureuse que grâce à la présence des petits-enfants elle pourra convaincre Carole. Elle ne laisse pas le silence répondre. Elle parle. Elle dit : « Merveilleux, on passe des moments merveilleux, on va à la plage, on joue, on se baigne dans l'eau froide le matin, si tu pouvais sentir le soleil brûlant, les enfants sont tout bronzés. » La grand-mère parle, parle, parle. Elle parle contre le silence qui ne répond pas. Contre la joie qui ne répond pas. Elle rit un peu, elle se rattrape, elle rit moins fort, elle commence à chanter la chanson des enfants – tu la connais cette chanson, Carole ? Elle fredonne et siffle un peu, elle n'arrive pas à retrouver les paroles. Elle se tait.

Le silence à l'autre bout du fil. Le silence annonciateur. Puis la voix de Carole. Un grand cri. Un grand cri qui résonne dans l'oreille d'Esther, à travers le téléphone. Il y a des mots très durs qu'on ne dira pas ici. L'accusation principale, c'est la séquestration. Carole dit : « Tu séquestres mes enfants. » Elle demande : « C'est pour ça que tu les as fait venir ? Pour nous faire du chantage ensuite ? » Elle n'attend pas de réponse. Elle continue. Elle dit : « Tu prends les enfants en otages. » Elle dit : « Tu perds la raison. » Elle parle de vieillesse et de démence. Des mots odieux. Elle les crie dans l'appareil. C'est comme des coups de poing dans le ventre d'Esther. Les mots de la fille veulent la tuer. La rendre inconsciente et puis la tuer. Esther survit. Au bout du fil, elle vit encore. Carole crie qu'elle veut voir ses enfants tout de suite. Elle crie que la mère n'a pas le droit de garder les petits-enfants. Elle demande : « Tu n'as pas honte de te servir des petits pour essayer de rattraper ce que tu n'as jamais su construire ? » On pourrait penser que c'est le pire qu'elle lui dise. Mais elle dit des choses pires encore. Elle dit ce qu'elle n'a jamais dit.

Après ça, il n'y a plus que pour les grandes occasions qu'ils se voient. Esther invite tout le monde. Certains viennent. D'autres passent. Les parents gardent leurs enfants près d'eux. On ne veut plus les laisser seuls avec la grand-mère. Avec l'empoisonneuse, la preneuse d'otages. De loin, on a l'illusion que tout le monde est autour de la table. Ça fait grande famille. Ça fait famille au complet. On joue à des jeux parce qu'on ne veut pas se parler. On joue au Trivial Pursuit pour se poser des questions dont on connaît les réponses. Ça crie beaucoup. Dans la famille, on aime savoir. On aime connaître. On aime être celui qui a la bonne réponse. Alors quand on l'a, on crie. On crie fort.

Quand les cris cessent, il est l'heure de rentrer. Quand le silence commence à monter, qu'il se charge comme un orage, les parents et les petits-enfants disparaissent. Au moment de se dire au revoir, les voix sont un peu plus douces. Il y a des regards. Presque des sourires. Dans l'air saturé, juste avant les grondements de silence, une accalmie. Un moment statique. On se dit au revoir vite. On ne laisse pas traîner. On ne sait jamais, quelqu'un pourrait se mettre à parler. On fuit cette accalmie qui est comme un espoir.

Il y a aussi la satisfaction de voir qu'il ne s'est rien passé. Ils se le disent dans les voitures embuées, sous le crépuscule parisien orange des réverbères qui s'allument en tremblotant. Ils se disent : « Au moins il ne s'est rien passé. » Et ils n'auront pas à se parler avant la prochaine grande occasion.

Dans l'appartement vide et chaud et silencieux, Esther ouvre grandes les fenêtres. L'air frais balaie les cris. Elle range avec application les cartes du Trivial Pursuit éparpillées sur la table. Elle pense, ça ne s'est pas trop mal passé. Dans un vertige, ignorant le silence qui pèse sur toute chose, qui pèse, déjà, sur le souvenir même de l'après-midi, elle croit voir se resserrer devant elle, presque imperceptiblement, les petits nœuds de sa tapisserie.

16

Carole revient dans la cuisine. Esther lui dit : « Tu peux appeler Bruno ? » Elle a peur d'appeler, peur de savoir pourquoi il n'est pas là. Peur de savoir qu'il ne vient pas. Elle demande à Carole. Elle a toujours la tête dans la main. La douleur est de plus en plus forte. Elle le dit à Carole et Carole répond : « Ça va passer, c'est la chaleur » en s'approchant de l'évier. Au fond, il y a encore quelques bouts de peau de tomate, des petits triangles rouges et plats collés sur les bords. Elle prend un verre, laisse couler l'eau avant de le remplir. Elle attend que l'eau soit bien fraîche pour remplir un grand verre d'eau. Elle le boit tête renversée. Puis le remplit à nouveau. Elle le tend à la mère et soupire : « Et toi qui voulais nous faire manger dehors. » Elle ajoute : « En plein soleil. » Elle dit : « Bois ça et reste assise. » Elle lui appuie sur l'épaule quand elle dit ça. « Je vais appeler Bruno. »

Sur le prénom, sa voix prend une inflexion tendre. Elle a toujours aimé le petit frère. Alexandre n'avait pas eu besoin d'elle. Bruno, si. Elle prenait toujours sa défense face au père. Petite déjà, quand ils étaient enfants, elle s'occupait de lui. Elle aimait bien. Elle faisait comme elle voyait Esther faire. Elle avait appris à le baigner, à le coiffer, à l'habiller. Aussi à lui raconter des histoires la nuit.

Elle s'échappait de sa chambre, à pas feutrés elle traversait le couloir. Reza avait tenu à ce que les garçons ne dorment pas à côté de la fille. Tout était noir. Le silence transpercé de temps à autre par les ronflements du père. Les tapis étouffaient le bruit de ses petits pieds nus. Elle ouvrait doucement, tout doucement la porte de la chambre des frères. En haut, Alexandre était déjà endormi. Bruno, en dessous, la couette relevée jusqu'au front, agitait sa tête pour s'endormir, la secouait de gauche à droite pour arrêter de penser. Carole arrivait. Elle retirait doucement la couette. Elle s'asseyait au bord du lit, et elle parlait. Un petit murmure dans le silence. Elle ne parlait de rien précisément. Elle laissait des paroles sortir de sa bouche. Des histoires entendues à l'école, des livres qu'elle avait lus, des contes qu'elle inventait. Elle décidait des mots, délicatement, pour le petit frère chétif. Les mots le calmaient. Sa tête s'arrêtait de tanguer. Il fixait dans le noir la silhouette minuscule de la grande sœur. Il guettait son murmure. Et il s'endormait. Carole repartait comme elle était arrivée. Elle mettait la même attention dans ses gestes. Doucement la poignée de la porte. Doucement ses petits pieds sur les tapis. Doucement en passant devant la chambre des parents d'où sourdait le ronflement du père. Doucement jusqu'à son lit à elle.

Carole s'est toujours occupée du petit frère. Ils resteront proches. Même après la mort de la mère. Quand plus rien ne tiendra la famille ensemble. Eux ils tiendront. Elle fera un choix entre le premier fils et le second frère.

Ça sonne. Bruno décroche.

« Bruno ? C'est Carole. Je t'appelle de chez les parents. T'es où ? On avait dit midi quarante-cinq. Personne n'est là. Alexandre a annulé. Vanessa aussi. Y a que moi. Pourquoi t'es encore chez toi ? Dépêche-toi. »

À l'autre bout du fil, Bruno a sa réponse toute prête. Il dit : « Comment ça, on m'attend ? Je croyais qu'on se voyait demain. » Il en rajoute un peu. Il exagère. Il dit : « Je n'étais pas prévenu, maman a dû se tromper. Et pourquoi cette fois-ci on ferait ça un samedi, alors qu'on se voit toujours le dimanche ? » Carole dit : « C'était aujourd'hui. » Le petit frère répète : « Je ne savais pas. Je n'ai pas compris ou alors maman s'est trompée. »

Carole insiste. Elle tourne le dos à la porte de la cuisine pour qu'Esther n'entende pas. Elle baisse la voix. « Il n'y a personne et maman a fait à manger pour quinze. Elle est très fatiguée et déçue. Elle a tout prévu. Elle aimerait que tout le monde soit là. » Bruno s'emporte. Il demande : « Pourquoi c'est toujours à moi qu'on fait les reproches. Tu as demandé à Alexandre de venir ? Tu as insisté pour qu'il vienne ? » Carole dit non. Elle essaie de le calmer. « Je vais l'appeler juste après. » Bruno continue : « C'est ça, appelle-le. Et rappelle-moi. Tu me diras s'il vient. Je ne veux pas le voir. Je connais les stratagèmes de maman, son obsession de nous avoir *tous autour de la table*, mais personnellement ça ne m'intéresse pas. Je ne veux pas entrer dans ce jeu-là. Alexandre et moi n'avons rien à nous dire. »

Carole baisse un peu plus la voix. Elle est courbée sur le combiné. Elle dit au petit frère : « Le but n'est pas de te réconcilier avec Alexandre. C'est d'être tous là pour maman. » Elle dit : « C'est parce que Vanessa est là. » Bruno rétorque : « Tu m'as dit qu'elle ne venait pas. » Carole soupire. « Non, en effet, elle a décommandé. »

Elle ajoute, vite, sans le laisser parler : « Mais trois sur quatre c'est mieux qu'une sur quatre ! Il n'y a que moi pour l'instant. » Silence. Bruno dit : « Je vois avec Catherine. Je te rappelle. » Carole dit : « Merci. » Elle raccroche. Elle ne retourne pas dans la cuisine. Elle ne peut pas dire la vérité à la mère. Elle veut encore préserver Esther. Elle espère que Bruno rappellera bientôt. Qu'elle n'aura rien à dire à la mère. Qu'Esther ne saura pas qu'il ne comptait pas venir. Elle se dit, deux sur quatre c'est déjà pas mal. Elle ne compte pas appeler Alexandre. Elle non plus n'a pas envie d'avoir les deux frères dans la même pièce. Elle pense, on sait ce que ça donne quand ils sont ensemble. Elle ne veut pas revivre ça.

Elle est d'accord avec Bruno. Ils n'ont pas besoin d'être réconciliés. Elle pense même, rien ne pourra les réconcilier. Elle aimerait dire à Esther d'arrêter avec son obsession. Elle aimerait lui dire que ça n'arrivera plus. Au-dessus du téléphone, il y a la photo du mariage de Bruno. Voilà, pense-t-elle. C'était ça la dernière fois. Et on a une photo pour le prouver. Elle la prend entre ses mains. Elle essaie de déceler dans les regards ce qui se produira un peu plus tard dans la soirée. Est-ce qu'elle aurait pu prédire ce qui allait se passer ? Est-ce que ça se voit dans le portrait de famille ? Et si elle avait pu le prévoir, qu'est-ce qu'elle aurait fait différemment ?

Le jour du mariage, Carole a habillé ses enfants. À la fille elle a mis une robe blanche avec des smocks et des manches ballons. Une robe que la petite ne voulait pas porter. Carole a dû se fâcher. Elle a dû l'imposer. Sa fille a pleuré. Au garçon elle a mis un costume bleu clair. C'est un costume de petit garçon avec une veste et, au lieu du pantalon, un bermuda. Carole lui a noué une cravate rouge autour du cou. Son mari porte un costume assorti à celui de leur fils. Pour elle, elle a choisi une veste à grosses rayures grises et blanches, un chemisier blanc cassé et une jupe assortie qui cache ses genoux. Elle porte des chaussures à brides. Elle a pensé à la photo. À l'image qu'ils rendraient sur la photo.

Ils arrivent à la mairie les premiers. Ils arrivent toujours les premiers. Carole n'aime pas être en retard. C'est une marque de respect d'être en avance. D'être là, prêts pour quand ça démarrera. Ils attendent. Elle a beau vouloir être juste à l'heure, elle est toujours en avance. Rien à faire. Ce qui fait qu'elle attend. Elle sait qu'elle est en avance et pourtant elle en veut aux autres de la faire attendre. C'est comme si les autres étaient en retard. Elle essaie de se distraire en regardant autour d'elle. Il faut qu'elle évite de penser à sa tenue. Si elle y pense, elle va voir que le blanc de son chemisier et le blanc de sa jupe ne sont pas les mêmes. Elle va se rappeler l'autre chemisier qu'elle avait choisi, qu'elle a essayé ce matin, qu'elle a décidé de ne pas mettre à cause du col Claudine qui lui donnait un air de petite fille. Elle va remarquer le vernis rouge sur son index droit qui est déjà un peu écaillé. Elle aura l'envie irrépressible de gratter cet ongle, d'enlever tout le vernis, de le faire tomber en poudre rouge. Mieux vaut un ongle nu qu'un ongle écaillé.

Elle guette, le cou tendu, pour voir si les autres arrivent. Elle tourne la tête de tous les côtés pour ne pas les rater. Elle guette un visage familier dans la foule de gens qui passent devant elle. Elle ne met pas ses lunettes pour les grandes occasions, alors elle scrute la foule en plissant ses yeux de myope. Elle croit reconnaître des traits familiers. Elle se dit, les voilà. Ça la rassure une seconde. Mais ce n'est jamais la bonne personne.

C'est une fin de matinée d'été. Un début d'été. L'air est encore frais. Une brise légère agite les branches des arbres. Les feuilles vert tendre, vert jeune, vert-vert sur le ciel encore brumeux du matin. Le soleil est une boule blanche et lointaine à travers la brume. Et toute la lumière émane de cette brume. C'est un grand drap de lumière qui écrase les corps, écrase les ombres. Les gens froncent les yeux pour se protéger de la brume lumineuse.

Les enfants s'ennuient. Ils sont mal à l'aise dans leurs habits. Ils commencent à s'agiter, à se pincer. Carole sent les prémices d'une dispute. Elle les sépare, leur dit de rester calmes. D'attendre. Elle dit : « Les autres vont bientôt arriver. » Elle ne peut pas s'occuper de ses enfants à ce moment-là. Elle dit : « Bernard occupe-toi d'eux. »

Il y a toujours cette peur que personne ne vienne. Cette peur rampante, impossible, inévitable. Cette peur inouïe de l'abandon. Cette peur incontrôlable que peut-être jamais personne ne viendra. Qu'elle est venue pour eux et que jamais ils ne viendront. Mais qu'elle ne pourra pas non plus partir. Convoquée par eux. Appelée à comparaître, à être ici en ce moment précis. C'est uniquement s'ils viennent qu'elle pourra reprendre le cours de sa vie. Comme si le temps s'était arrêté. Comme si, dans cette attente, elle soumettait à leur venue son temps, sa vie. Sans eux, elle restera pour toujours dans les limbes de l'attente. À jamais prisonnière de leur volonté. De leur désir de la voir. Elle pourrait rester une éternité ainsi, car s'ils ne viennent pas à sa rencontre, finalement, elle cesse d'exister.

Les enfants ont trouvé une craie. Bernard leur a dit : « Allez jouer plus loin. » C'est une craie comme celle des tableaux noirs. Celle-ci est orange. Marion commence par dessiner une grande fleur. Un cœur rond plus gros que le soleil pâle derrière la brume, avec de grands pétales. Et plein d'autres fleurs plus petites à côté. Puis elle trace une marelle. Son frère tourne autour. Il crie : « À moi ! À moi ! Donne-moi la craie. » Mais la petite saute sur la marelle. Elle saute sur les cases. À cloche-pied, puis avec deux pieds, puis à cloche-pied à nouveau. Son frère continue de crier. « Donne ! » Il crie mais n'ose pas s'approcher du jeu. Il n'ose pas marcher dessus. Il a peur de rentrer dans un monde contrôlé par sa grande sœur. La petite atterrit sur deux cases, les pieds écartés. Elle dit : « C'est moi qui l'ai trouvée. Elle est à moi. » Elle maintient son regard concentré sur les cases de la marelle. Elle jette un petit caillou en visant bien.

Elle ignore son frère. Elle ne le regarde même pas. Elle le sent qui trottine autour d'elle, qui tourne autour de la marelle. Mais elle pense qu'il n'osera pas marcher dessus. Pourtant il ose. Ça lui prend tout son courage. Il se met le plus près possible. Ses petits pieds touchent presque la ligne orange. Sa sœur fait un bond, sur un pied, sur une case. De toutes ses forces, il tend ses petits bras. Il la pousse. Elle perd l'équilibre. Elle tombe sur le bitume. Elle a toujours la craie dans la main. Le petit garçon se jette sur sa sœur. Il se jette sur le poing fermé. Il essaie d'en écarter les petits doigts serrés. Il tape dessus. La petite hurle. « Lâche-moi ! » Elle se débat au sol. Dans sa robe blanche trop longue, trop large, elle est empêtrée. Elle donne des coups de poing et des coups de pied dans le vide, au hasard, pour maintenir son frère à distance.

Plus loin, les autres commencent à arriver. Myra Chaundry. Une Indienne, mariée à un Anglais. Pas mariée mais ils vivent ensemble. Des cheveux gris sur la peau brune des Indiens. Une peau qu'elle essaie de blanchir. Elle met du fond de teint clair. On le voit dans ses sourcils. Elle en met trop. Belle pourtant. Plus encore si elle ne mettait pas autant de maquillage. Une chevelure d'Indienne, épaisse comme du crin. Grise maintenant. Elle a coupé ses cheveux mais quand Carole l'a connue, elle avait une longue chevelure noire qui lui descendait jusqu'aux fesses. Et les gens s'extasiaient sur sa chevelure qu'elle portait en tresse. Les gens voulaient toucher la tresse grosse comme un bras et dense et serrée. Maintenant elle a les cheveux courts et gris. Elle a toujours un anneau doré dans le nez. Le même depuis toujours. Et beaucoup d'autres bijoux. Beaucoup d'or et d'argent aux poignets, aux doigts. Un jour, elle avait offert une bague à Carole. Une bague en or très fine ornée d'une petite pierre verte qui brillait à peine. Carole l'avait perdue à la plage. Ou dans la mer. Enfin, un été. Elle n'avait jamais osé lui dire. Elle avait voulu en racheter une similaire. Elle n'avait jamais trouvé.

Myra a toujours les mains froides. Glaciales. Des mains de morte. Quand elle vous touche, vous serre la main, elle s'excuse. Elle dit : « Je suis désolée, j'ai toujours les mains froides. » Elle parle mal français. Elle ne parle pas si mal, mais elle ne fait pas l'accord des adjectifs. Elle ne se donne pas cette peine. Elle sait qu'on la comprend. Ça lui suffit. Carole et elle se voyaient souvent à un moment. À une époque, c'était fréquent.

Elles se voyaient sans leurs maris. Ça leur faisait du bien, surtout à Carole. Elles se voyaient dans des cafés. Ce n'était pas vraiment des dîners. Elles regardaient la nuit tomber sur Paris, ça les surprenait à chaque fois. Elles parlaient et puis à un moment, un mouvement, un reflet, quelque chose leur faisait lever la tête. Elles se disaient, tiens il fait nuit. Elles parlaient beaucoup. Sans s'arrêter. Carole bien sûr. Myra écoutait. Elle aimait écouter Carole.

Elles ont presque le même âge. Carole se disait, on aura des enfants en même temps. On les élèvera en même temps. Ils seront aussi proches que des frères et sœurs. Toujours ce désir de tracer sa famille en dehors de l'autre famille. Ce droit qu'elle avait elle aussi d'avoir sa famille. Mais de la choisir.

Myra n'aura jamais d'enfants. Elle ne peut ou ne veut pas. Ou son mari peut-être. On ne sait pas la vraie raison. En tout cas, elle n'a pas d'enfants. Elle n'en a pas alors que Carole en a. À partir de là, elles se voient moins. Elles ont moins de choses en commun. Carole a arrêté de fumer et ne veut plus aller dans les cafés enfumés. Déjà ça. Et puis Carole perd la bague de Myra. Elle n'ose pas lui dire. Elle se dit que Myra ne remarquera pas. Mais Myra remarque. Elle ne dit rien non plus. Elle ne veut pas demander pourquoi elle l'a enlevée.

Elles se voient rarement, mais s'il y a un événement, Myra est toujours là. Elle a mis un sari rouge et rose. Ses bras bruns avec de l'or et de l'argent. Évidemment elle s'est approchée de Carole en la voyant. Et ça leur fait plaisir à toutes les deux. Et puis elle la sauve de l'attente. C'est facile de se parler. Mais ce n'est plus comme avant. On essaie de ne pas y penser.

Leur conversation est interrompue par Esther qui appelle Vanessa. Carole pose sa main sur le bras frais de Myra. « Je dois y aller. » Elle ajoute « pour la photo ».

Ils ont décidé de faire la photo avant. Comme s'ils savaient. Il vaut mieux la faire tout de suite avant que quelque chose se passe. Avant qu'il y ait un incident. Il n'y aura pas d'incident jusqu'au soir. Ils ne le savent pas.

Les mariés se dirigent vers les marches. Le photographe s'installe, cadre la scène. La famille s'agglutine. Ils se pressent les uns contre les autres. Ils ne se parlent pas. Il n'y a pas de parole échangée. À part des « pousse-toi, plus à droite, descends, on ne me voit pas, tu es devant moi, recule ». Des indications. Si on regarde bien sur l'image, il y a entre chacun d'eux un petit espace. Un espace ajouré. L'accroc irréparable que tous les petits nœuds d'Esther ne réussiront pas à resserrer.

Après la mairie, il y a la réception. On s'y retrouve quand le soir tombe. Les invités ont changé de tenue. Les mariés ont gardé la leur. Ils restent dans leur rôle. La réception se déroule dans le jardin d'un restaurant. Bruno voulait le Chalet des Îles, mais c'était trop cher. Il avait demandé l'argent au père. Le père avait dit non. Il avait déjà donné un budget, il fallait qu'il fasse avec. C'était le père qui payait tout. Parce que la mariée n'avait rien et Bruno non plus, Reza a accepté de payer. Mais il n'a pas payé pour le Chalet des Îles. Il fait chaud. Les invités s'éventent. Ils enlèvent leurs vestes, retirent leurs châles, leurs chapeaux, leurs gilets. Les gens se mettent à danser.

Esther regarde ses enfants. Ses filles dansent. Vanessa fait tournoyer sa grande sœur. Elle passe son bras sous le sien. Autour de sa taille. Au-dessus de sa tête. Esther voit leurs doigts se nouer, se séparer, leurs mains se retrouver à nouveau. Un peu plus loin, Bruno rit en se penchant sur l'épaule de son frère. Il a son bras passé sous celui d'Alexandre. Elle voit leurs dents blanches, nacrées, leurs vêtements dont les couleurs se mêlent, leurs mains qui se trouvent et se serrent. Enchevêtrés comme des chatons aveugles dans un panier, ils disparaissent derrière les mouvements des autres. Des fils de soie indémêlables. Le bras d'Alexandre autour des épaules fines de Vanessa. Les mains de Carole sur le dos de Bruno. Autour d'eux, il n'y a personne d'autre.

Cette image-là aussi, on aurait dû l'immortaliser. Plus encore que la photo sur les marches. La famille surgit devant Esther dans sa beauté inouïe. Une beauté imprévisible. Esther l'avait longtemps espérée. Mais dressée là, devant elle, dans son évidence, elle est trop belle pour être réelle. Fragile. Sa famille. À cet instant, Esther croit qu'elle a réussi. Elle se dit, c'est bon. C'est fait. À ce moment-là, elle y croit. Peut-on lui en vouloir ? Elle ne voit pas ce qui va se passer. Comment le pourrait-elle ?

C'est entre les deux frères que ça se passe. Entre eux deux. Et c'est par eux que tout se brise. On ne saura pas pourquoi. Eux seuls savent. Mais ils n'en parleront jamais. Parler c'est déjà résoudre. Et ils ne veulent pas résoudre, eux qui ne se sont jamais rien dit. Ce jour-là, il suffit de quelques mots échangés à l'oreille. Un moment minuscule. Alexandre qui se penche à l'oreille de son frère. Le premier fils qui se penche sur le petit frère. Qui s'approche de son oreille. Ils n'ont jamais été aussi proches. Esther voit le rapprochement. Ça l'étonne. Ça la réconforte aussi. Il y a la bouche d'Alexandre tout contre l'oreille de son frère et, soudain, le visage de Bruno qui pâlit.

Avant qu'Alexandre arrive, Bruno a construit une pyramide de verres. Il fait toujours ça. À chaque occasion, il fait ça. Il a une technique. Les gens le regardent faire. Il aime ça. À la base, des coupes de champagne. Puis chaque étage de la pyramide est constitué de verres différents : verres à vin, à shot, gobelets en plastique ; pour finir par une couronne de flûtes. Ça prend du temps. Mais les gens sont admiratifs. Ils disent « oh » et « ah », comme quand le grand frère faisait des calculs devant les adultes au milieu du salon. Quand il a fini, il verse délicatement plusieurs bouteilles de champagne, qui ruisselle d'étage en étage, en cascades jaune clair.

Cette fois, il y a une différence. Au sommet, il a couronné la pyramide de la coupe rouge. Une sorte de calice en verre rouge profond, presque opaque, comme plein d'un sang fraîchement versé. Les bords sont dorés et deux fleurs de cerisier blanc et rose ont été peintes à la main de part et d'autre du verre joufflu. Deux fleurs qui semblent flotter sur une rivière de sang.

La coupe rouge appartient à Esther. C'est la première chose qu'on remarque quand on entre chez eux. Quiconque est allé chez eux la connaît. On la voit dès qu'on passe la porte, elle est sur la commode de l'entrée, posée négligemment au milieu d'autres bibelots. Quand un rayon de soleil s'y perd, la coupe irradie au-delà de la commode et inonde de flots rubis tous les objets alentour : le faux vase chinois, la carafe à whisky vide, la photo de mariage d'Esther et de Reza en noir et blanc. Tout le monde connaît cette coupe. Tout le monde connaît son histoire. C'est un vestige de l'enfance d'Esther.

Un matin de 1940, Esther est réveillée par sa mère. Celle-ci est en train de bourrer dans des valises, de nouer dans des baluchons, de plier, de ficeler toutes leurs affaires. Elle l'a réveillée en lui disant : « Va chercher la coupe. » Esther est allée la prendre sur la cheminée. Elle a fait attention en la rapportant à sa mère. Sa mère la lui prend des mains, la remplit de foin, et l'enroule dans du papier journal, puis dans un torchon gris à rayures rouges. Elle la ligote. Puis à nouveau elle la recouvre de papier journal, de foin. Et pour finir elle la dépose dans une petite couverture en laine bleu marine rugueuse. Elle ficelle le tout. Esther ne dit rien. Sa mère ne dit rien. Elle a les sourcils froncés comme quand elle va gronder, comme la fois où Esther avait sauté dans la rivière ou la fois où elle avait mangé des cerises du jardin jusqu'à vomir. Mais elle ne la gronde pas. Ses mains sèches nouent précisément, avec des mouvements secs, la ficelle autour du paquet de foin, de journaux et de tissus. Chaque nœud les resserre autour de la coupe, les rapproche du cœur mystérieux et invisible qu'ils protègent. La coupe est ensuite enfoncée dans une valise. Cachée au milieu de vêtements. Elle fait avec elles la route. Un voyage qu'Esther comprendra plus tard.

La mère et la fille défont les nœuds quatre ans après. Et ce n'est que quand elles voient la coupe brillante et rouge, intacte, les petites fleurs de cerisier éternellement blanc et rose pâle, que la guerre est vraiment finie pour elles. La coupe sentait le foin sec. La coupe sent toujours le foin sec. Un jour, Esther l'a fait respirer à Lisa, la fille d'Alexandre. L'enfant avait trouvé que ça sentait la poussière. Bruno l'a empruntée. Il avait dit à Esther « ça sera pour la pyramide ». On ne refuse rien à son fils le jour de son mariage. Elle avait dit oui, évidemment, oui.

Alexandre a glissé quelque chose à Bruno. Des mots ont glissé de la bouche à l'oreille. Le visage pâle du petit frère. Un semblant de sourire aux lèvres du grand frère qui s'éloigne. Et le petit frère qui devient fou.

Quand Bruno a renversé la table, Esther a vu la coupe se soulever dans les airs. Elle l'a vue tomber avant les autres verres. Se briser en gros morceaux rouges sur la nappe blanche. Puis tous les autres verres ont explosé en fragments microscopiques, un nuage de poussière coupante s'est déposé sur les cheveux, sur les robes, sur les costumes, est tombé en pluie dans l'herbe où les gens dansaient pieds nus.

Les invités se protègent les yeux. Esther les garde ouverts. La bouche, ouverte aussi. Ses mains s'agitent dans l'air comme celles d'un enfant sous la neige qui essaient d'attraper des flocons.

« Maman ! »

Vanessa attrape ses paumes mouchetées de dizaines de petits rubis ronds. Quand Vanessa prend les mains de sa mère, les bulles rubis s'étalent en longues traces orange. Bruno hurle. Il hurle sur son frère. Il y a du rouge sur sa chemise, sur ses mains, sur son menton. Comme s'il venait de dévorer un animal.

Alexandre est allé chercher sa fille. Sa fille dans les bras, il ouvre d'un coup de pied la petite porte en piquets blancs. Bruno crie des mots qu'on ne comprend pas. Il agite ses mains vers Alexandre qui s'en va. Les invités n'osent plus bouger sur la pelouse couverte d'éclats de verre.

Esther, les mains de Vanessa posées sur ses bras, regarde les minuscules rivières rouges que font les coupures sur sa peau.

17

La salle à manger est jaune et noir. Il y a le rectangle de soleil, rectangle mou aux contours arrondis qui brûle le sol. Et tout autour le noir. Les chaises, la table, la commode, les bougeoirs posés sur la commode, le téléphone plus loin sur le petit meuble en bois, tout est dans le noir.

Dans le rectangle jaune pâle, une paire de chaussures. Des petits mocassins clairs, en cuir verni. Avec une boucle dorée qui brille dans la lumière. L'un des mocassins est encore fermement accroché au pied. L'autre, un peu plus loin, est renversé. Il a suivi la cheville qui a tourné. Sur le pied, il y a un bas couleur chair, avec un renforcement plus foncé au niveau des orteils et du talon. Dans le carré de lumière, le bas sur le pied scintille discrètement. Les deux pieds sont tranquilles. Ils ne bougent pas.

Esther est tombée. Il y avait toujours la pierre plate qui forçait à l'arrière de sa tête. Puis c'est sa tête entière qui s'est retrouvée dans un étau. Elle a voulu crier. La douleur était si forte. Elle n'a pas pu. Elle a voulu se retenir. Elle a posé sa main quelque part. Sur une chaise, ou sur la poignée de la porte. Elle n'a pas pu ouvrir les yeux à cause de la douleur et du rectangle de lumière jaune qui fouille ses paupières. Elle a voulu crier Reza, puis Carole. Personne n'a entendu de cri. Elle a glissé doucement jusqu'au sol. À peine une chute, un glissement. Elle s'est sentie engloutie dans la chaleur. Et puis la douleur a disparu. Elle est tout entière dans une chaleur moelleuse. Ce n'est pas la même que ce matin. Ce n'est pas le souffle ardent de l'air qui sèche les lèvres et crève les yeux. C'est une chaleur douce, la chaleur diffuse d'un chat sur les genoux. Elle fond. Esther sent son corps devenir minuscule et liquide. Léger dans la fourrure tiède du chat. Elle ne veut plus crier.

Elle est étendue sur le sol. Pudique, le rectangle de soleil n'éclaire que ses chevilles. Le reste de son corps est dans le noir. L'une de ses jambes est droite, le pied toujours chaussé. L'autre, le talon nu, le soulier renversé à quelques centimètres, est pliée. Une position désagréable. Une position anormale. C'est un tableau étrange, ces deux jambes si semblables dans des positions si différentes. Comme indépendantes l'une de l'autre. Comme si l'une essayait d'échapper à l'autre. La grande jupe d'Esther, brune dans la pièce noire, fait comme une flaque autour des jambes. La taille est tordue. Le buste en chemisier clair est étendu sur le côté. Les bras disparaissent dans le noir. Il y a une tache plus claire : ses cheveux blonds. Le visage est caché.

Il faut prendre le temps d'apprécier ce calme. Pas un mouvement du corps. Pas un mouvement de vent qui ferait bouger les rideaux. Pas un autre être humain autour d'elle à ce moment-là. Dans la cuisine, le saladier de tomates, les poulets rôtis, la crème au chocolat qui refroidit dans le réfrigérateur. Chaque chose est immobile et silencieuse. Il faut prendre le temps d'apprécier ce silence et ce calme. Parce que, dans quelques instants, Carole va rentrer dans la pièce. Elle va quitter la terrasse et rentrer dans la pièce, poser ses pieds dans le rectangle de lumière jaune pâle. Elle sera éblouie par la pénombre. Le temps que ses yeux s'habituent, ce sera les dernières secondes de calme. Alors prenons le temps de regarder le corps calme d'Esther. Le corps encore habillé. Le corps sans électrodes, sans fil, sans les bleus du massage cardiaque. Les cheveux blonds.

Carole, sa famille. Ses enfants, son mari. Elle guette aussi, dans le même espoir qu'Esther, peut-être un frère ou Vanessa. Elle a allumé une cigarette. Elle ne devrait pas. Elle a arrêté de fumer. Elle dit à tout le monde qu'elle a arrêté de fumer. Qu'elle ne fume pas. Pourtant, parfois, elle allume une cigarette. Et pour ces fois-là, elle a toujours un paquet sur elle. Dans la chaleur, la fumée est fraîche. La braise ne rougeoie pas. Juste un bout gris et sale.

Un peu plus loin sur la terrasse, le père enroule méticuleusement un tuyau d'arrosage. Il aime que tout soit bien rangé. C'est une des choses qu'on sait à propos du père. Il faut que tout soit impeccable. Les tuyaux bien enroulés. Les jardinières sans fleurs mortes. Les parasols parfaitement placés. Dans sa chambre aussi, ses costumes sont organisés par couleurs, les chaussures sont classées du cuir le plus sombre au cuir le plus clair. Il garde, dans le tiroir de la commode du salon, un petit peigne avec lequel il démêle régulièrement et délicatement les franges de tous les tapis de la maison. Il aime les franges bien droites.

Ça fait naître une tendresse chez Carole de penser à ça. Elle les a entendues les histoires de son père racontant sa misère en Iran. Alors aujourd'hui, forcément, il faut que les choses soient impeccables. Tous les vêtements repassés, toutes les chaussures cirées, brillantes, les placards bien organisés. Et les bains. Les bains deux fois, trois fois, en été quatre fois par jour. Les bains dans lesquels il frotte sa peau jusqu'à ce qu'elle soit rouge et lisse. Dont il sort dans un nuage de vapeur brûlante, les pommettes abrasées par le frottement du gant de toilette.

Sur le balcon, il a fini d'enrouler le tuyau. Il inspecte les jardinières. Carole écrase sa cigarette sous sa chaussure. Quelques cendres tombent. Elle les balaye vers le vide. Elle se dirige vers la porte-fenêtre qui mène au salon pour aller jeter son mégot. Pour voir comment va la mère. L'aider à mettre la table. Il y aura moins d'assiettes à mettre. Elle compte : eux quatre, eux deux, Bruno peut-être ? Elle jette un dernier coup d'œil à la rue pour voir si ses enfants et son mari arrivent. Les trottoirs sont vides. L'air est brûlant. Elle soupire, qu'est-ce qui leur prend autant de temps ?

Elle met plusieurs minutes à comprendre. D'abord il y a au milieu du salon le soulier qui prend toute la lumière. Dont la boucle étincelle sur le tapis. L'étrangeté de ce soulier renversé. Et l'autre à côté. Quand elle voit les jambes, elle se dit, pourquoi maman est allongée par terre ? Un réflexe de penser, ça ne doit pas être confortable. Et puis les yeux s'habituent à la noirceur. Il y a un vrombissement dans ses oreilles. Une lutte entre ce que voient les yeux et ce qu'elle ne veut pas comprendre. Avant qu'elle ait compris, son corps l'a jetée à genoux. Elle est à genoux à côté de la mère. Elle reproduit les gestes qu'on lui a appris. Elle fait les gestes et en même temps elle appelle le père. Elle crie : « Papa ! » Et dans ce cri, la réminiscence de son enfance. La même impuissance, la même petitesse, la même peur. Et surtout la peur qu'il ne puisse pas l'aider.

Elle met la mère en position de sécurité. Elle prend son pouls. Il y a un pouls. Le père arrive. Elle croit qu'il y a un cri. Mais ses oreilles bourdonnent. Une pulsation dans ses oreilles qui bat au rythme de son cœur. Un bruit de tambour qui étouffe tous les autres bruits. Un silence assourdissant. Le père est à côté de la mère. Il a ouvert le chemisier. Il pense au cœur. Carole aussi. Elle a tout de suite pensé au cœur. Évidemment. C'est déjà arrivé. Elle pense au cœur mais elle ne veut pas y penser. Elle sait que si c'est le cœur… Le père appuie sa tête sur la poitrine d'Esther. Il dit « ce n'est pas le cœur ». Il crie à Carole : « Ce n'est pas le cœur ! » Carole est debout. Le téléphone sonne. Quelqu'un décroche. Elle est au bout du fil. C'est le SAMU. Elle ne se souvient pas avoir composé le numéro. Elle voit, de haut, le père qui regarde sa montre et prend le pouls. Elle le voit compter. Carole raccroche. Qu'est-ce qu'elle a dit ? Impossible de s'en souvenir. Elle est à nouveau à genoux contre la mère. Le père met des gifles. La tête de la mère balance de gauche à droite, de gauche à droite, mollement.

Tout à coup, Esther ouvre les yeux. Elle regarde Reza. Elle regarde Carole. Le regard est voilé, confus. Elle cligne plusieurs fois des yeux. Reza la soulève. Il la redresse un peu. Carole a couru dans la cuisine. Elle a pris un verre d'eau. Elle a pris un linge. Elle trempe le linge dans l'eau. Elle tamponne le visage de sa mère. Un visage très rouge. Le sang bat sous sa peau. Carole n'ose pas parler. Elle ne dit rien. Elle trempe le linge dans l'eau et caresse doucement le visage de la mère avec le linge humide. Des gouttes coulent le long du cou d'Esther. Carole les essuie avec ses doigts.

C'est une belle scène. Il faut le dire. Il faut la regarder, cette scène. Reza un genou plié, l'autre au sol. Ses mains sur les bras d'Esther, qui la maintiennent contre lui. Esther légèrement inclinée sur son torse, la tête a roulé un peu sur son épaule. Abandonnée, presque lascive. Et Carole, agenouillée comme une sainte, le verre d'eau près d'elle, le linge blanc à rayures bleu ciel dans la main, qu'elle a enroulé sur deux doigts, qu'elle fait glisser sur le front de la mère.

Dans la pièce sombre, il n'y a que le mouvement presque imperceptible de leurs respirations, la respiration fatiguée d'Esther et les respirations retenues, inquiètes, de Reza et de Carole ; et le mouvement délicat, régulier, rassurant du linge blanc et bleu que Carole trempe dans l'eau et applique sur les tempes de la mère. Carole ose. Elle demande : « Comment tu te sens ? » Elle demande : « Qu'est-ce qui s'est passé ? » Elle essaie de garder une voix douce. Que ne transparaisse pas dans la voix le tremblement de tout son corps. Esther tourne la tête. Ses yeux fixent le plafond.

Elle essaie de sourire. Carole voit qu'elle essaie de sourire. Elle veut porter une main à son front, mais la laisse retomber. Carole voit la fatigue et le désespoir, l'impuissance dans le regard. Esther prend une inspiration. Elle ferme les yeux. Elle les rouvre. Elle regarde sa fille. Elle dit : « Ça va mieux. »

Puis elle referme les yeux et tout le corps se ramollit et se détend et s'abandonne. Elle glisse sur le torse de Reza qui a du mal à la retenir. Carole se lève pour la secouer. Elle renverse le verre d'eau à côté d'elle.

Elle laisse tomber le torchon. Elle crie : « Maman ! Maman ! Maman ! » Elle entend le père dire « l'ambulance est là ». Elle entend des sirènes dans la rue vide qui percent l'air. Elles montent jusqu'à eux dans les ondulations de chaleur. Elles s'engouffrent dans la salle à manger noire par le carré de lumière jaune. Elles emplissent la pièce.

Carole regarde sa mère avachie. Elle la voit se faire engloutir par quelque chose d'invisible. Reza crie. Elle le regarde. Elle ne comprend pas. Il crie. Il crie : « Carole ! » Il lui demande de faire quelque chose. Il crie : « Carole, va ouvrir ! »

Elle se lève. Trébuche sur le torchon humide qui a fait une tache sur le tapis. Elle ouvre la porte. Des hommes. Ils portent du matériel sur leurs épaules. Elle montre la mère. Elle la montre comme on désigne un objet à des déménageurs. Elle voudrait dire « c'est ma mère ». Elle ne dit rien. Les hommes foncent dans l'appartement. Elle est bousculée.

Ils se penchent vers Esther. Reza la soutient toujours comme il peut, ses mains aux veines bleues accrochées à son chemisier. Les hommes disent à Reza de reculer. Ils se parlent entre eux. Carole ne comprend pas. Elle n'entend rien. Toujours ce vrombissement, cet écho de tambour qui résonne à ses oreilles, qui étouffe tout bruit et toute parole. Ils se placent de chaque côté de la mère. La soulèvent. Reza lève le bras et montre la chambre. Carole voit les bras mous et inertes de sa mère entre les bras forts et tendus des hommes du SAMU. Les jambes, molles aussi. Ils disparaissent dans la chambre. Carole tient toujours la poignée de la porte d'entrée. La porte est toujours ouverte. Au milieu de la pièce, dans le rectangle de lumière jaune pâle, il y a un soulier en cuir verni, et sa boucle en or qui étincelle.

18

Carole a prévenu tout le monde. Elle a rappelé ceux qui avaient annulé. Ceux qui avaient décidé de ne pas venir. Ceux qui avaient décommandé. Elle n'a pas pu prévenir Vanessa. Elle ne sait pas comment la joindre. Bruno a rappelé. Il avait promis. Il a rappelé. Au début, il a rappelé pour dire qu'il ne pouvait pas venir, que ce n'était pas pratique. Il allait dire « on se verra une prochaine fois ». Il n'a pas eu le temps. Il a rappelé et Carole ne l'a pas laissé parler. Elle criait au bout du fil. Elle criait : « Viens ! » Il parlait mais elle ne l'entendait pas. Elle criait. « Maman est tombée. Viens. L'ambulance est là. Viens vite. » Puis : « Je dois appeler Alexandre. » Bruno a raccroché. Il a dit à sa femme : « Je vais chez ma mère. Je dois aller chez mes parents. » Sa femme a dit quelque chose comme : « Il suffit que ta sœur fasse un caprice pour que tu rappliques ? » Enfin il croit qu'elle a dit ça. En tout cas c'était quelque chose qui lui disait qu'il était faible. Il n'a pas répondu.

Il a pris ses clefs de voiture au milieu des autres clefs pendues dans l'entrée. Il est parti sans fermer la porte. Catherine l'a vu dévaler les escaliers. Ses pas aspirés par le lourd tapis du couloir. Il n'a pas allumé la lumière. Il a dévalé les escaliers et a disparu. À cause du lourd tapis du couloir, elle a vite cessé d'entendre ses pas. Il est sorti de la cage d'escalier noire dans la rue blanche, fantastique de soleil et de chaleur. Pas de circulation. Le soleil se reflète dans les vitrines des magasins fermés, sur les fenêtres des immeubles. Il plisse les yeux pour voir. Il avance dans la rue vide. Le bitume est blanc aussi. Sec et blanc sous le soleil odieux. Il transpire. Il cherche un souffle d'air. Rien. Il monte dans sa voiture. La clim à fond. L'air est brûlant. Il ouvre les fenêtres. Dehors aussi, l'air brûlant. Il démarre et s'élance dans Paris torride et désert.

Alexandre aussi a été prévenu. Les mêmes cris au bout du fil. La même grande sœur qui n'entend pas. La même façon de parler vite pour ne pas être interrompue. De ne pas vouloir s'arrêter. Et la voix qui monte comme le cri d'une cigale. Cette longue montée vers les aiguës. Comme les premières notes de *Rhapsody in Blue*. La voix qui monte. Et celle d'Alexandre à l'autre bout du fil qui veut rester calme. Qui veut comprendre. Et pourtant, bien qu'elle veuille comprendre, bien qu'elle pose des questions, bien qu'elle tente de rester calme, la voix d'Alexandre palpite aussi au rythme des battements de son cœur. Son cœur qui a compris quelque chose. Il ne le sait pas tout de suite. Il l'apprend en entendant sa propre voix. Plus que la voix stridente de sa sœur. Sa propre voix. Sa voix qui s'accélère pour suivre les battements de son cœur. Incontrôlable. Il s'est passé quelque chose.

Quand Alexandre arrive, la porte est ouverte. Ouverte sur le noir de l'appartement. On l'a laissée ainsi pour que chacun puisse entrer. Pénélope est avec lui. Le grand rectangle jaune, immobile, presque palpable comme un incendie dans la nuit, on pourrait s'en saisir et le jeter dehors. Et rester dans la pièce noire. Au milieu de la pièce, il y a le soulier renversé. Il le ramasse. Il est comme son père, il n'aime pas le désordre. Il le met sur le côté. Contre un mur. Il le pose délicatement en prenant son temps. Il a entendu les bruits qui viennent de la chambre. Il ne veut pas les entendre. Il a peur de les entendre. Des bruits comme des sonneries, des petites sonneries courtes et régulières, et puis des bruits de souffle, comme un ballon qui se dégonfle, de gens qui s'agitent, des voix qu'il ne connaît pas, des mots, des chiffres sont prononcés. Et sous tous ces bruits, il y a le silence. Le silence de ceux qu'il connaît. Qui ne parlent pas, ne disent rien. Et sous ce silence, encore plus profonds, encore plus graves, encore plus enfouis, il y a, presque imperceptibles, des sanglots étouffés.

Avant de pénétrer dans la chambre, il regarde dehors. Il ne va pas sur la terrasse. Il ne met pas un pied dans la chaleur. Il regarde juste, et voit la grande table vide. Les chaises tout autour.

Il s'approche de la chambre. Ce qu'il remarque d'abord, c'est l'autre soulier. Le même que celui qu'il a ramassé. En cuir verni avec la boucle dorée. Renversé lui aussi sur le sol. Le silence toujours. Malgré les voix graves des hommes qui se parlent doucement. Malgré les bruits électroniques autour du lit. Le silence, partout.

Sur le lit, Esther étendue. Les jambes légèrement écartées. Elle porte une grande jupe brune que l'on a relevée sur sa taille. Un collant chair. Le chemisier pend de chaque côté du torse. Déchiré. Découpé. Pas le temps de le déboutonner. Le soutien-gorge aussi, tranché. La tête est relevée. Un tube dans la bouche. Une main gantée maintient la paupière ouverte et passe une lumière blanche devant l'œil.

La chambre est sombre. On a tiré les rideaux. Un triangle de soleil s'étend du plafond au mur d'en face. Les ambulanciers s'affairent autour du lit. Ils sont concentrés mais calmes. Le visage sérieux, les gestes précis et rapides. Ils ne disent rien. La famille est restée dans un coin de la pièce. Ils sont tous serrés entre le montant de la fenêtre et la commode. Collés, agglutinés, les corps légèrement en biais pour laisser de la place aux autres. Pour que tout le monde puisse voir. Pour que tout le monde soit là. Pourtant chacun est seul. Personne ne touche l'autre. Les mains dans les poches ou les bras croisés.

Ça ne va pas durer longtemps. Dans quelques minutes, ils seront partis. Les hommes diront qu'il faut agir vite. Ils mettront le corps d'Esther sur le brancard. Ils remballeront leurs affaires. Ils disent que ça ne passera pas dans l'ascenseur. À aucun moment ils ne regardent la famille. Ils disent qu'il faut la civière spéciale. L'un des ambulanciers part en courant la chercher dans le camion. Alexandre s'avance. Il demande s'il peut aider. Il désigne Bruno aussi. Il dit : « On peut vous aider. » L'ambulancier, sans le regarder, dit : « Non, merci monsieur, ça ira. On a l'habitude. » C'est affreux ce mot, « *habitude* ». La mère est une habitude. Ils ont déjà fait ça. Peut-être même déjà aujourd'hui. Ils ont l'habitude. Rien de spécial pour eux. Ils savent faire. Ce n'est pas normal de savoir faire ça. De dire « c'est une habitude ». De dire de leur mère écartelée, dénudée, intubée sur le lit, « c'est l'habitude ». Alexandre recule. Il retrouve dans le coin le reste de la famille anxieuse.

L'ambulancier revient avec une chaise orange, deux roues à l'arrière, des sangles partout. Ils se mettent à trois pour soulever Esther. L'un dit : « À trois… Un, deux », et à « trois » les hommes soulèvent le corps. Ils l'asseyent, l'attachent. Au niveau du buste, des genoux et des tibias. La tête roule sur le torse. Carole baisse les yeux, Alexandre laisse échapper un sanglot. Un sanglot puissant. Un choc. La mère a l'air momifiée. Ils l'emmènent. Les ambulanciers quittent la pièce. La famille coule hors du coin. Elle suit la civière. Elle suit les ambulanciers qui la font rouler jusque dans l'ascenseur.

Un homme monte avec Esther. L'ascenseur est exigu. Il l'enjambe pour pouvoir rentrer. Il annonce: « Hôpital Rothschild, service des urgences. »

Les deux autres se jettent dans l'escalier en criant : « Quelqu'un veut venir dans l'ambulance ? » Alexandre dit oui et plonge à leur suite dans la cage d'escalier.

La porte de l'ascenseur se ferme en emportant Esther. Bruno dit : « J'emmène papa en voiture. » Pénélope dit : « Je viens avec vous. » Carole : « Il faut quelqu'un pour attendre Vanessa. »

La porte se referme. Le silence est vraiment là cette fois. Carole est seule dans l'entrée. Machinalement elle se dirige vers la salle à manger. Comme tout à l'heure, il y a le carré de lumière jaune pâle. Comme tout à l'heure, l'obscurité autour. Elle s'assied sur une chaise. Se relève immédiatement. Elle n'a pas prévenu son mari et ses enfants. Elle appelle. Ça sonne. J'espère qu'ils ne sont pas partis. Elle n'a pas envie de les avoir là dans l'appartement vide.

Ça sonne. Ça décroche. Bernard. Dès qu'il entend sa voix, il dit : « Je partais, je partais, j'étais sur le palier, je suis en route, on est en route tous les trois. » Il a pris les mêmes habitudes que Carole. Il parle vite pour ne pas être interrompu. Aussi pour l'empêcher de crier. Il parle vite. Il explique tout. Au bout du fil, le silence. Carole ? Elle dit : « Ne viens pas, Bernard. Ma mère a eu un malaise. » Elle ne veut pas nommer le malaise. Bernard est médecin, il va poser des questions. Elle lui dit : « Ne pose pas de questions, reste avec les enfants. J'attends Vanessa. Reste avec les enfants, je vous tiendrai au courant. » Il demande :

— Qu'est-ce que je leur dis ?

— Je ne sais pas, que le déjeuner a été annulé. Qu'on fera ça un autre jour.

Bernard ne dit rien. Carole ne dit rien. Elle aimerait pourtant qu'il dise quelque chose, un mot. Il ne dit rien. Elle raccroche.

Quand elle est à nouveau seule, dans le silence, elle ose. Elle dit : « Lâche, espèce de lâche, pas foutu de consoler ta femme. Pas capable d'un mot gentil, d'un mot doux. Lâche, espèce de lâche. » Puis à elle-même : elle ne dira rien à ses enfants tant qu'elle ne sait pas. Elle attendra de savoir. Elle leur parlera comme un médecin. Elle leur expliquera les hémorragies, les opérations, les tuyaux, les séquelles, les jours qui restent, les précautions à prendre, les dernières volontés. Elle leur expliquera cela plus tard.

Elle sort sur la terrasse fumer une cigarette. La flamme de son briquet disparaît dans la lumière crue. Deux bouffées, puis elle la jette.

La cigarette tombe dans l'air brûlant. Carole rentre dans l'appartement. Elle va dans la cuisine. Sur la table, il y a toujours le saladier de tomates, les poulets dans un plat, les pommes de terre dans un autre. Carole s'assied. Comme sa mère plus tôt, elle pose ses mains sur le saladier. La condensation les rafraîchit. Elle les passe sur son front.

Le bruit des clefs dans la serrure. C'est Vanessa. Elle a les clefs. Elle dort là. Elle a un trousseau. Elle ouvre la porte. Carole se lève, surprise. Vanessa rentre. Elle fait passer sa fille d'abord, claque la porte. Elle dit : « Va te laver les mains. Et change-toi, mets quelque chose de plus léger, tu meurs de chaud. » Elle va dans la cuisine. Carole est debout, adossée contre l'évier. Vanessa dit : « On est venues déjeuner finalement », avec un grand sourire. « Maman avait l'air déçue au téléphone. Vous n'avez pas commencé ? Je vais t'aider à mettre la table. » Elle virevolte dans la cuisine, boit un verre d'eau. Compte les assiettes. Elle demande : « Les poulets sortis, comme ça, ils ne vont pas refroidir ? Remarque, avec la chaleur qu'il fait. » Elle tourne autour de Carole immobile. Celle-ci aimerait que sa petite sœur comprenne le silence. Elle ne peut pas l'interrompre. Elle aimerait qu'elle s'arrête.

Il y a un moment de confusion. Un moment de malentendu. Vanessa a demandé où étaient les autres. Carole a répondu : « Personne n'est là. » Elle a juste pu dire « personne n'est là ». Vanessa insiste : « Où ils sont ? » Carole garde les yeux baissés. Vanessa pose la pile d'assiettes qu'elle emportait vers la salle à manger. Elle la pose à côté du saladier, entre les poulets et les pommes de terre. « Carole, je ne comprends pas. » Comme celle d'Alexandre tout à l'heure, Carole entend la voix qui essaie de rester calme. Elle sent les battements du cœur dedans pourtant. La voix qui a compris. Qui a compris avant le reste. C'est pour ça qu'on ne se parle pas dans cette famille. On sait que les voix trahissent. Vanessa répète : « Où sont-ils ? » Carole répond, sans bouger. « À l'hôpital. » Elle doit contenir ses émotions. Toute sa force passe là-dedans. Elle ne peut pas regarder sa petite sœur. Elle ne peut pas la regarder et lui dire. Vanessa s'affole. Elle se passe la main sur le front. « Pourquoi à l'hôpital ? » Carole, béton armé, immobile : « Maman a eu un malaise. » Vanessa : « Un malaise ? » Elle s'emporte : « Carole, dis-moi ce qui se passe. Un infarctus ? C'est comme la dernière fois ? » Carole dit non. Elle dit : « Papa a dit que ce n'était pas le cœur. » Vanessa : « Papa l'a emmenée à l'hôpital ? » Carole : « Non, non. » Son ton décontracté malgré elle. Sa voix qui ne doit rien trahir. « On a appelé l'ambulance. » Vanessa demande : « C'est quoi, alors ? » Carole dit : « Je ne sais pas. »

Vanessa lui en veut. Elle lui en veut de ne pas savoir. Elle dit : « Tu es médecin pourtant. Pourquoi tu ne sais pas ? » Elle ne la laisse pas répondre. Elle lui en veut de ne pas pouvoir la protéger, de s'en tenir aux faits. Puis elle en veut à toute la famille de savoir si bien se taire. D'être incapable d'ouvrir les bras. De ne pas pouvoir se regarder dans les yeux. Elle crie : « Tu ne sais rien ! » Elle demande :

« Pourquoi tu me dis tout ça si tu ne sais rien ? » Carole dit : « Je t'attendais pour aller à l'hôpital. » Elle lève la tête. Elle parvient enfin à la regarder.

Ça y est, elle est dans l'action. Elle sait ce qui se passe après. Ça la rassure. Ça la conforte. Ça lui donne la force de la regarder. Elle dit : « Viens, on va à l'hôpital. Ils pourront nous dire là-bas. » Puis plus bas : « Je suis désolée, mais je ne sais rien d'autre. » Elle voudrait tendre la main. Serrer la main de sa petite sœur. Reproduire les gestes qu'elle l'avait vue faire il y a des années, déjà à l'hôpital. Même si ces gestes sont mécaniques elle voudrait les reproduire. Elle ne peut pas. Elle reste droite, immobile dans la cuisine. Elle a juste eu la force de lever les yeux.

Après ça, elles prennent un taxi. Elles ont déposé l'enfant à Bernard. Carole n'est pas montée. Elle n'a pas voulu voir ses enfants. Elle a laissé sa sœur expliquer et Vanessa a expliqué qu'elle ne savait rien. Elle a dit qu'elles devaient aller à l'hôpital pour comprendre. Elle a aussi dit « pour être ensemble ».

Dans le taxi, il y a le bourdonnement du moteur, les rues vides de Paris, les immeubles qui défilent sur les côtés, l'odeur écœurante des ordures qui pourrissent, qui ne seront ramassées que demain. Le silence entre les deux. Un autre silence. Une colère. C'est aussi un trait de la famille. Ce silence de colère. Il pourrait durer des jours. Chacune de son côté regarde les immeubles défiler, les fenêtres ouvertes des appartements trop chauds. Tout à coup, Carole sent la main de sa petite sœur prendre la sienne. Elle lui prend la main. Elle la serre. Elle ne peut rien dire. Il n'y a rien que les mots puissent dire mieux que cette main. Sans se regarder. Chacune le regard sur la route. Elles laissent, malgré elles, dans le silence, leurs doigts se nouer.

19

Les jours qui suivent sont la douleur. Cinq-six jours. Ils perdent la notion du temps. Pendant cette période, les sœurs et les frères et le père sont toujours ensemble. Ils dorment chez le père. Ils dorment dans des petits lits ou sur le canapé du salon. Il y a toujours quelqu'un qui dort avec le père. On a installé une chaise dans l'angle pour dormir avec lui. La nuit, le père se réveille en pleurant. L'enfant sur la chaise le rassure. Ils apprennent à le rassurer. Ils apprennent à faire des gestes qu'ils n'ont jamais su faire, découvrent des gestes que jamais le père n'a faits pour eux. Ils hésitent au début. Les garçons surtout. Vanessa, ça lui vient plus naturellement. Mais les frères, la grande sœur… Ils ne savent pas.

La chambre est noire. Dans le noir, ils osent plus. Parce qu'ils ne se sentent pas observés, parce que les autres ne peuvent pas les juger, parce que dans l'obscurité personne ne remarque les mains qui tremblent, les larmes qui coulent. Parce qu'ils sont invisibles, des gestes de tendresse affleurent.

Ils apprennent à s'approcher du lit. À s'approcher

du père. Ils apprennent à dire des mots vides. « Ça va aller, ne t'inquiète pas, je suis là. » Ils apprennent à dire des mots auxquels ils ne croient pas pour le rassurer. Au début, ça sonne faux, évidemment. Ils ne reconnaissent pas leur voix. Il y a une inflexion nouvelle. Un ton étranger. Une façon de parler comme les acteurs. Une sorte de mensonge. Ça les met mal à l'aise.

Dehors, Paris est calme. Leurs mots résonnent. Ils sont obligés de les entendre. Ils entendent les mots et entre les mots les sanglots du père qui déchirent le silence. Qui percent le silence de petits trous clairs par lesquels passe la lumière. Qui percent leur épaisseur à chacun. L'épaisseur personnelle qu'ils se sont créée. La couche qui les sépare des autres. Celle qu'ils ont construite toute leur vie pour se distinguer des autres, pour que les autres ne soient jamais trop près. Mais quand ils rassurent le père avec des mensonges, l'épaisseur mincit.

Ils s'approchent du lit. Ils racontent des mensonges. Ça les gêne aussi que le père y croie. C'est un jeu auquel tout le monde joue. Ce jeu est une faiblesse. Et pourtant dans la chambre noire, dans Paris silencieux, ils y jouent. Quand le père se réveille en pleurant, ils n'allument pas la lumière. Ils s'approchent du lit. Ils caressent les cheveux du père, lui tendent le verre d'eau préparé sur la table de nuit. Ils passent la main sur son front comme on le fait aux enfants, réajustent son oreiller. Ils lui parlent doucement. Ils disent « papa repose-toi ». Le père ne leur dit jamais rien. Il ne dit jamais « merci d'être là ». Il ne dit jamais « pardon de t'avoir réveillé ». Mais les enfants ne lui en veulent pas. Ils ne pardonnent pas non plus. C'est un jeu qu'ils jouent. Ils n'y joueront pas longtemps. Mais pour l'instant, ils acceptent. Ils se réveillent la nuit. Ils apaisent le père. Ils ne se rendorment pas. Le lendemain, l'un d'entre eux prendra le relais. Ça ne durera pas longtemps. Ils s'accrochent à ça.

Ces cinq-six jours se passent ainsi. Tous dans l'appartement. Ils se frôlent. Ils évitent de se regarder. Pendant les repas qu'on se force à prendre ensemble, personne ne se regarde. On ne se demande rien. On se lève pour prendre le sel ou l'eau à l'autre bout de la table. Ils sont à bout de forces. Vivre ensemble comme ça. Être toujours ensemble. Faire semblant de se parler. Faire semblant d'espérer ensemble. C'est trop. Ils ont tout juste la force de décrire ce qui se passe autour d'eux. Pendant les cinq-six jours, ils ne parlent que de ce qui se passe exactement maintenant. Ils parlent de cette seconde précise, de cette minute-là. Ils décrivent. Peu importe qui parle. C'est indéterminé. Une voix vient de quelque part. Une voix dit « j'attends un coup de fil de l'hôpital ». Une voix dit « je vais faire à manger ». Une voix dit « cette après-midi j'irai à l'hôpital ». Et d'autres voix répondent « je viendrai avec toi, je n'ai pas faim, ils ont appelé tout à l'heure ».

Les premiers jours, c'est comme ça. Comme ils

ont toujours appris. Ils subissent l'enfermement. Ils sont en captivité. Pas seulement de l'appartement. Captifs aussi de cette attente. Ils ne pleurent pas. Ils continuent de lutter. Ils s'accrochent à un futur qu'ils ne nomment pas et qui pourra les délivrer de l'attente. Ils savent pourtant ce que ça veut dire. Ils font semblant. Ils font semblant de croire que l'attente est une chance, de croire au futur. D'attendre le verdict des médecins. Ils disent *diagnostic*. Ils font semblant d'attendre le diagnostic. Alors qu'ils savent. Il n'y a pas de doute. Ils font semblant de vivre dans le doute.

Au milieu d'eux, il y a Reza. Comme un fantôme. Pendant la journée, personne ne s'approche trop. On peut supporter ses pleurs la nuit, pas en plein jour. Pas devant les autres. On ne saurait pas comment faire.

Ils retiennent leurs mots, leurs larmes, leurs questions, de peur d'être démasqués. De briser l'équilibre fragile qui les maintient les uns avec les autres. Il y a bien une fois quand même. Une fois où Vanessa craque. Elle est avec ses nièces. Les nièces les plus âgées. Elles sont allées faire un tour. Elles sont allées marcher dans Paris vide et chaud. Le ciel gris, lourd, chargé d'orages qui ne veulent pas éclore. Les rues sont vides par peur de l'orage, par peur de la chaleur. Parce que c'est les vacances aussi et que les gens sont partis.

Vanessa craque. Elle se met à pleurer. C'est l'innocence des enfants qui fait ça. Eux n'ont pas compris que les adultes jouaient un jeu. Que les adultes attendaient que le temps passe. Que les adultes, en fait, n'attendaient plus rien. Elle pleure. Les enfants ont les bons gestes. Les gestes spontanés. La plus grande la prend par les épaules, la petite par la taille. Elles disent « ça va aller » et elles le pensent. Elles disent « mamie est forte » et elles le pensent. La grande dit : « Elle a déjà eu un infarctus, elle s'en est sortie. Elle va s'en sortir cette fois aussi. » Vanessa pleure toujours et murmure « je n'y crois plus ».

Quand elles rentrent à l'appartement, le secret les tient. L'inavouable entre elles. Les enfants observent les adultes. Alexandre avec son père, qui lui noue ses chaussures. Bruno près du téléphone, sous la photo de son mariage, en arrêt. Carole dans la cuisine.

Ils vont souvent à l'hôpital. Pas tous ensemble. Certains sont envoyés en éclaireurs. Carole toujours. Carole est médecin, les autres médecins lui parlent plus facilement. Ils ne mâchent pas leurs mots. Ils lui disent la vérité parce qu'ils savent qu'elle peut la comprendre. Ils lui donnent le rôle d'expliquer aux autres. Ça sera à elle d'expliquer. Ça sera à elle de filtrer. Pour la première fois, elle doit se poser cette question. Que va-t-elle dire ? Elle a le choix de maintenir dans l'ignorance, ou d'attiser l'espoir, ou encore d'être factuelle, d'être le médecin, de jouer exactement le rôle du médecin de l'hôpital.

La mère est dans le coma. Ça, c'est la réalité. Ils la voient tous, cette réalité. Ils la connaissent tous. Ils savent aussi que les médecins ont réalisé une première opération. Maintenant ils attendent de voir si le corps peut se soigner. Comme eux, les médecins attendent. Ils laissent au corps la possibilité de se réparer. Ils disent : « On ne peut pas faire grand-chose. » Ça, Carole ne le répète pas. Elle sait que les gens n'aiment pas entendre ça. Elle dit : « Les médecins font ce qu'ils peuvent. » La mère est dans le coma. Il y a des machines qui font tout à sa place. Des machines autour de son lit qui soufflent et font du bruit. Des aiguilles et des tubes lui rentrent dans le corps. Elle a un bandage sur ses cheveux blonds.

Un jour, un des petits-enfants demande à voir mamie. On lui dira : « Non, cette personne-là, à l'hôpital, ce n'est pas ta grand-mère. » On a déjà cette certitude, ça n'est plus la mère. Et la peur, aussi, que ça ne soit plus jamais la même. C'est une peur dont on ne parle pas. Elle est trop immense. On ne peut pas la saisir, alors mettre des mots dessus… C'est une peur inouïe. C'est la peur qui les tient tous. La peur de perdre la mère et en même temps de la voir remplacer par une autre. La peur d'avoir à la place quelqu'un qu'on ne reconnaît plus. C'est la plus grande des peurs. Et cette peur porte sur son dos, à la manière des mères araignées, des milliers d'autres peurs. La peur de devoir s'occuper de la mère, de devoir la nourrir, la laver, l'habiller, la peur de devoir s'occuper du père, la peur de devoir *prendre une décision*, la peur de devoir en parler, la peur de devoir en débattre, la peur de devoir expliquer aux petits-enfants.

Pendant que Carole parle avec les médecins, le frère ou la sœur qui l'a accompagnée s'occupe de la mère. On entend tellement de choses sur le coma. On entend des histoires de gens qui en reviennent. Qui en reviennent et sont les mêmes. On entend qu'il faut aider la personne à revenir. Vanessa essaie de faire ça. Elle y croit. Elle se dit, c'est la seule chose que je peux faire. Un jour, elle apporte à Esther des cotons imbibés de son parfum, pour qu'elle se souvienne. Un autre, elle lui met des écouteurs dans les oreilles et passe *Rhapsody in Blue*, son morceau préféré. Carole secoue la tête. On ne sait même pas si Esther peut entendre, ou sentir. Elle voudrait le dire à Vanessa. Mais les médecins ne disent rien. Ils disent : « Si ça fait du bien à la famille, ça ne peut pas faire de mal. » Alors Carole ne dit rien non plus.

Il y a des jours où, quand elle rentre de l'hôpital, elle dit la vérité. La vérité des médecins. Des mots compliqués, des noms de procédure, des chiffres, des mesures, des détails. Elle jette tout ça aux autres. Elle vomit toutes ces informations les yeux baissés. Elle a à peine franchi la porte, elle s'assied, elle répète ce que lui ont dit les médecins. Les autres ont aussi les yeux baissés. Ils ne posent pas de questions. Ils écoutent les informations. Quand elle a fini, elle se lève, elle va ailleurs. Elle ne peut pas quitter l'appartement, ils doivent rester ensemble ; elle a mis une chaise dans la lingerie pour ces jours-là.

Et il y a des jours où elle ne veut rien dire. Elle

n'a rien de plus à dire. Les médecins lui ont donné les mesures et les chiffres. « Mais vraiment, chère consœur, aujourd'hui, je n'ai rien de plus à vous dire. » Alors ces jours-là, quand elle rentre, elle se tait. Et personne ne lui demande rien. Et elle sent les milliers de petites peurs-araignées grouiller le long de sa jambe.

Le père n'écoute pas. Le père ne parle pas. Il erre dans l'appartement. Les premiers jours, il ne se lave pas. Il ne se change pas. Il ne mange pas. Le corps entier a cessé de vivre. Comme si, en tombant dans le coma, Esther avait emporté avec elle le corps de Reza. Son esprit aussi, vu qu'il ne parle plus. Sauf la nuit. Quand il se réveille, il appelle Esther, il parle persan. Il dit des mots qu'on ne comprend pas. L'enfant qui dort avec lui n'allume pas la lumière et tente de le rendormir en lui disant des mensonges.

La journée, il marche dans l'appartement. Quand Alexandre remarque que son père ne s'est pas lavé, il l'emmène dans la salle de bains, il lui fait couler un bain. Il n'a jamais vu son père porter les mêmes vêtements deux jours de suite. Son père qui prend des bains deux fois, trois fois par jour, dont les costumes sont classés par couleurs, les chemises impeccables, les chaussures brillantes, les chaussettes assorties à sa cravate. Il lui fait couler un bain. Une petite araignée grimpe sur sa jambe. La peur de devoir l'aider à se laver. Mais le père prend son bain seul. La petite araignée s'enfuit. Il ressort en peignoir.

Alexandre lui a préparé des habits sur le lit. Une autre araignée : la peur de devoir l'habiller. Mais le père s'habille seul.

Le seul geste qu'Alexandre peut faire, c'est le parfumer. Le coiffer aussi. Alexandre se rend compte qu'il n'a jamais touché les cheveux de son père. Il n'en a pas le souvenir. Il peigne ses cheveux blancs et doux. Il peigne ses cheveux lentement. Dans le silence, le peigne trace des sillons minuscules dans les cheveux fins et blancs et doux. « J'ai l'impression de vivre un cauchemar. » Reza a dit ça. Le silence brisé. Le peigne en suspension dans la main d'Alexandre. La nuit, il saurait quoi faire. Dans la chambre noire, avec le père en sanglots, il aurait des gestes. Il passe le peigne encore une fois dans les cheveux blancs. Il ne sait pas quoi dire. Il fait comme s'il n'avait pas entendu.

Esther ne se réveillera pas. Plus les jours passent, plus ça devient évident. Les médecins disent : « Il va falloir penser à la suite. » Ils disent : « Même si elle se réveille, on n'est pas sûrs de son état. Il y aura des séquelles sévères. » Ils disent à Carole : « Il faut que vous parliez à votre famille, à votre père. Il est médecin lui aussi, non ? Nous pourrions lui parler. Peut-être que ça serait plus facile pour vous. Pour lui aussi. S'il veut poser des questions. Parfois c'est mieux de l'entendre de notre bouche. » Elle dit : « D'accord, nous viendrons demain. » Elle prend rendez-vous pour le lendemain. Demain, ils devront prendre une décision.

Dans le taxi pour rentrer, Carole est avec Bruno. Elle lui répète les paroles des médecins. Elle dit : « Il faut qu'on prenne une décision tous ensemble. » Elle dit : « Il va falloir dire à papa qu'il n'y a plus d'espoir avant que les médecins lui disent. » Bruno se tait. Il ne l'écoute pas. Il ne veut pas entendre. Paris s'obscurcit. Il est déjà tard. La chaleur est un peu tombée. Les réverbères éclairent à intervalles réguliers l'intérieur du taxi. La grande sœur et le petit frère chacun à une extrémité de la banquette. Paris défile orange et bleu derrière les fenêtres. Il fait bon. Moins chaud que la journée. On respire enfin. Les gens sortent. Il y a du monde sur les trottoirs. Les terrasses des cafés sont pleines. Les gens marchent lentement, un peu alanguis, un peu ramollis de la chaleur de la journée, confortables dans la tiédeur du soir. Le taxi s'arrête. Ils descendent, silencieux. Ils prennent l'ascenseur, ils évitent le miroir, évitent de se regarder l'un l'autre. La peur de savoir ce que l'autre pense. Quand l'ascenseur s'arrête à leur étage, en poussant la porte pour sortir, Carole dit : « Je vais leur dire, moi, je vais leur expliquer. » Silence, toujours. Le silence sourd d'avant l'orage.

La soirée qui suit est étrange. Carole a tout expliqué. Elle a répété les mots d'experts des médecins. Au bout, la décision à prendre. Elle a parlé dans le silence. Devant des yeux baissés. Devant des bras croisés, des mains sur les genoux. Ses frères et sa sœur assis loin les uns des autres. Il leur fallait de la place pour respirer. Le père, au milieu, assis sur le canapé. C'est le seul qui l'a regardée. Il ne l'a pas quittée des yeux. Il n'y a pas eu de sanglots. Pas de cris. Pas de questions non plus. Chez tout le monde, il y avait surtout le soulagement que ce soit bientôt fini, qu'on n'aurait plus à retourner à l'hôpital tous les jours, à attendre près du téléphone, à dormir avec le père et à lui caresser les cheveux la nuit.

C'est une soirée étrange parce que, quand Carole a terminé d'expliquer, le père se lève. Il se lève seul et ça n'est pas arrivé depuis six jours. Il se lève, il va vers le bar. Il dit : « Qui veut un drink ? » Il se sert un whisky. Pas le whisky des malheureux, pas un verre plein de whisky pour oublier. Le whisky habituel, le whisky de tous les soirs. Il sourit en se retournant avec la bouteille à la main. Les yeux de ses enfants se lèvent vers lui. Alexandre dit « pourquoi pas ». Vanessa prend un porto. Ils boivent ensemble. Ils dînent ensemble. On va se coucher. Quand Vanessa va se coucher avec le père, il dit « va te reposer, ça ira pour ce soir ». Il y a une légèreté quand ils s'endorment. Un sentiment apaisant de fin.

Il faut dire aussi qu'on a hâte de ne plus être les uns sur les autres. On a hâte que ça se termine. Même si ça doit se terminer avec la mort de la mère. Et n'est-ce pas l'évidence de toute façon ? Que la seule chose qui puisse les rapprocher, les mélanger en une même matière, en une matière si dense qu'ils n'ont plus besoin de se parler, que cette seule chose soit, finalement, la mort de la mère.

Et elle mourra. Ce n'est pas grave, pense Esther. Ce n'est pas grave si je meurs. Si grâce à ma mort, pendant quelques jours, ils sont ensemble dans cet appartement, ils sont ensemble avec Reza, ils sont ensemble avec moi aussi toujours en esprit. Ça vaut le coup. Juste pour cette dernière vision, oui, pour cette dernière seconde, alors ça vaut le coup. Peu importe ce qui les réunit, et si aujourd'hui c'est ma mort. Si je les vois réunis, alors oui j'ai réussi.

Elle ne comprendra pas la mère, elle ne saura pas. C'est mieux qu'elle ne sache pas. Elle ne sait pas qu'évidemment la chose qui va les détruire, encore plus que les mots méchants du père, encore plus que la blessure entre les deux frères, encore plus que les milliers de kilomètres et les années de silence, évidemment la seule chose qui peut les détruire entièrement, les anéantir, les annihiler, évidemment cette chose c'est la même chose que celle qui les rapproche. C'est sa mort à elle. Qu'après ça il n'y aura rien.

Un vent se lève sur Paris et apporte avec lui les premières odeurs de l'automne. Un pigeon roucoule sur la terrasse et tout l'appartement est bercé par sa chanson. La rue est paisible. Au loin un scooter lâche son bruit strident comme une vague qui s'amplifie et s'évanouit. Il fait taire le pigeon. Une fois qu'il est passé, le silence est revenu.

Le lendemain, on commande des taxis. Deux taxis. On va à l'hôpital. On prend la décision. On la connaît. On la sait tous. On laisse Reza la prononcer. Parce que c'est le mari, parce qu'il est médecin, parce que c'est ce qu'Esther aurait fait.

Il y a les yeux rouges des enfants qui sont prêts à pleurer, qui vont pleurer ou qui ont pleuré, peut-être, dans le taxi. Les gestes viennent naturellement.

Les mains sur les épaules. Les mains qui glissent dans d'autres mains. Les corps qui se resserrent. Pour se tenir ensemble. Reza passe la main dans ses cheveux blancs et doux. Si doux. Ils sont autour du lit. Ils tiennent les mains d'Esther, lui caressent le front, les joues, les bras. Les bruits des machines s'arrêtent.

Il y a quelques secondes de silence. Les machines se sont tues, les sanglots aussi. Un apaisement. De son lit d'hôpital, Esther pourrait voir, si elle ouvrait les yeux, ses enfants, son mari rassemblés autour d'elle.

L'espace d'une seconde elle croit pouvoir y arriver. Elle croit pouvoir ouvrir ses yeux. Elle a tant envie de les voir tous, ici. Tous ensemble une dernière fois. Mais elle se ravise. Elle n'a pas besoin de les voir. Elle sait qu'ils sont là. Elle appuie sa tête lourde sur les joues rebondies de l'oreiller, et rejoint sans effort le monde des souvenirs. Là, surgit, lumineuse, l'apparition adorée. La famille ; les liens qu'elle a tissés patiemment éclosent en couleurs chamarrées, en petits boutons de fleurs blancs, en tiges espiègles qui s'enroulent avec délice. Et Esther, au centre, rosace majestueuse, irrigue une dernière fois de son amour tentaculaire la tapisserie tout entière et ses milliers de petits nœuds.

Le Livre de Poche s'engage pour l'environnement en réduisant l'empreinte carbone de ses livres. Celle de cet exemplaire est de :
400 g éq. CO_2
Rendez-vous sur www.livredepoche-durable.fr

PAPIER À BASE DE FIBRES CERTIFIÉES

Composition réalisée par Soft Office

Achevé d'imprimer en février 2023 en France par
Maury Imprimeur – 45330 Malesherbes
Dépôt légal 1re publication : mars 2023
N° d'impression : 268446
LIBRAIRIE GÉNÉRALE FRANÇAISE
21, rue du Montparnasse – 75298 Paris Cedex 06

55/5905/7